U0093476

國際學術研討會

古龍武俠小說 領先時代半世紀

【記者賴素鈴／報導】江湖代有才人出，這廂古龍凋零二十載，那廂今朝懸賞百萬獎新秀，浪淘不盡，唯有武俠熱愛，不隨時間變易，在學術研討會上更見分明。以「一代鬼才：古龍與武俠小說」爲主題，淡江大學第九屆文學與美學國際學術研討會昨起在國家圖書館，展開爲期兩天的議程，紀念武俠小說家古龍逝世二十周年，新生代學者與古龍故舊齊聚一堂，以文論劍話武俠。

日前與淡大中文系教授林保淳共同發表《台灣武俠小說發展史》，武俠小說評論家葉洪生昨天在專題演講中，直批胡適1959年底發表「武俠小說下流論」是「胡說」，學界泰斗的不當發言以及隨即展開的「暴雨專案」，反而促成1960年起台灣武俠新秀的繁興，「武俠小說迷人的地方，恰恰在門道之上。」，葉洪生認定，武俠小說審美四原則在文筆、意構、雜學、原創性，他強調：「武俠小說，是一種『上流美』。」

集多年心血完成《台灣武俠小說發展史》，葉洪生認爲他已爲從十歲起迷上武俠小說的半世紀畫上完美句點，並且宣布他「以後決心退出武俠論壇，封劍退隱江湖」。

雖然葉洪生回顧武俠小說名家此起彼落，套太史公名言「固一世之雄也，而今安在哉？」，認爲這是值得深思的嚴肅課題，昨天意外現身研討會而備受矚目的溫世禮，則爲了紀念同是武俠迷的哥哥溫世仁，推出第一屆「溫世仁武俠小說百萬大賞」，即日起至今年10月3日截止收件，經兩階段評選後於明年12月7日公布首獎得主，預料將會是一場武林新秀的龍虎爭霸戰。

看明日誰領風騷？風雲時代出版社發行人陳曉林眼中的古龍，其實領先他的時代半世紀，以致如今雖然古龍逝世20年，陳曉林認爲大家對古龍的了解仍然有限，預言未來世代更能和古龍的後設風格共鳴。

昨天這場研討會，也凸顯武俠小說作爲一項文學研究門類，仍有待開發學習空間。多位與會者都指出，武俠小說的發表、出版方式和管道具考證難度，學術理論與論文格式的建立待加強。而武俠名家的版權之爭、市場競爭力，也增加出版推廣困難，古龍武俠小說的版權糾紛、司馬翎作品的版權官司也成爲研討會的場外話題。

與

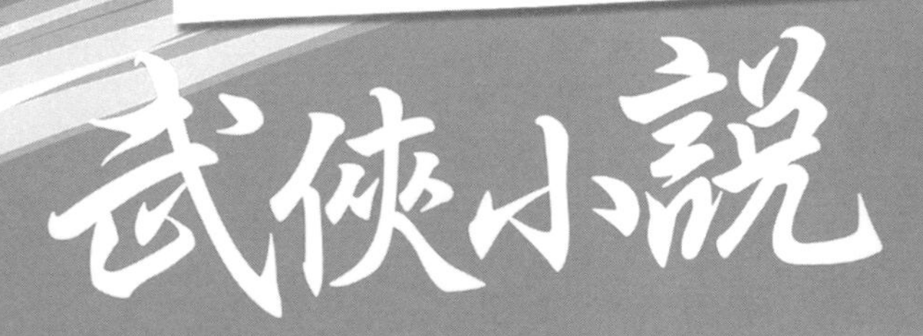

第九屆文學與美

古龍兄為人慷慨豪邁、跌蕩自如，變化多端，文如其人，且復多奇氣，惜英年早逝，余與古兄當年交好，且喜讀其書，今既不見其人，又無新作可讀，深自悼惜。

金庸

一九九六、十、十一 香港

金庸

古龍
古龍
真品絕版復刻
13

飄香劍雨
下
古龍
著

古龍真品絕版復刻說明

由於版權限制之故，本專輯「古龍真品絕版復刻」所集六種古龍最早期武俠作品，在台灣已絕版很多年，而本版推出後也不會再印行問世，故稱「絕版復刻」。此版本限量發行，只以饗有緣人。

殘金缺玉，碎鑽散翠，卻可由此透視後來光芒萬丈、膾炙人口的古龍武俠諸名著，其最根柢處的靈氣之源和俠情之始。凡對古龍作品有真正興趣、愛好的讀友，必會收存這個專輯，並可由此看出：當古龍將這些金玉鑽翠串綴起來時，是何等的璀燦奪目？

目錄

目錄

第六三章　菱花銅鏡

鐵面孤行客萬天萍頭也不回，大步走在前面，遇著阻路的根枝，他就鐵掌一揮，那些根枝，便立即飛出去老遠。

蕭南蘋挽著伊風的鐵臂，緊緊地跟在萬天萍後面，此刻她面上的血跡已乾，創痕更是明顯，只是她卻一點也不知道，還以為自己面上的血跡，只不過是受了些輕傷而已，而她此刻的芳心，只因為完全貫注在伊風身上，而無暇旁顧。

兩三盞熱茶時候，他們便已走出叢林。

萬天萍回頭冷瞥一眼，冷冷道：「跟我走。」

身軀向左一轉，大步向左走去。

蕭南蘋心裡立刻狂喜地跳動一下，忖道：「難道他所說的山洞，真的如我所猜，就是昨夜的山洞嗎?那該是南哥哥熟悉的呀！」

她側目一望伊風，只見伊風劍眉深皺，面上憂色重重，她不禁又奇怪：「難道他沒有想出來嗎？」

她輕輕一捏他的胳膊，他側目輕笑一下，卻仍然沒有任何表示。

「大概他不願露在面上，恐怕被那姓萬的老頭子知道吧。」

她替自己如此解釋著，心下不禁又為之釋然。

此刻已過午時，但日光仍盛，殘冬已將全逝，初春已現蹤跡，萬天萍在這頗有春意的陽光下，並未施展出輕身的功夫來，但是他大步而行，行路的速度，仍不是常人所能企及的。

又走了約莫頓飯功力，蕭南蘋氣力已又不支了，伊風憐惜地扶著她，她怡然閉上眼睛，將全身的大半重量，都交托在他那強而有力的臂膀上。

只要能夠依附在他的臂膀上，這條路即使通向死亡，她也會樂於就道的。

萬天萍突地冷叱一聲，道：「到了！就在這裡！」

蕭南蘋張開眼來，心裡不禁又「噗通」一跳！萬天萍手指著的這條山隙，不就是通向昨夜那令自己永生不能相忘的地方嗎？

卻聽萬天萍冷冷說道：「這條山隙，長達十丈，一直走裡去，就有一處洞窟，老夫知道裡面絕無毒蛇猛獸；就是有毒蛇猛獸，憑你的身手，也可打發。」

他微微一頓，目光四掃，冷冷又道：「你進去之後，老夫就用巨石將這裂隙封起來，而老夫就對面坐在這裡。是以一月之內，你就算能弄開一塊巨石，但老夫會立刻加一塊上去。是以你根本絕少有希望能自行出洞。何況數日之後，只怕你餓得連舉手的力氣都沒有了！」

伊風面不改色，像是根本沒有將他這威脅的話，放在心上，只是冷然說道：「多承相告，不過那第一條路，我卻是萬萬不會走的。」

萬天萍長眉軒處，叱道：「那你就快滾進去……」

叱聲未了，山道上已彩蝶似的掠來一條翠色人影，遠遠嬌喚道：

「等我一等。」

伊風微一側顧，已看到那萬虹已如飛掠來，手裡提著一個籃子，翠綠色的衣衫，在山風中一飄一飄的，煞是好看。

這萬虹一掠過來，就將手中的籃子，放在地上，裡面卻裝著兩盤菜，一碗細麵，還有一壺酒。

方才她雖來勢如風，但籃中的菜，盤中的麵，壺中的酒，卻沒有一絲潑在外面。

萬天萍鼻中冷哼一聲，負手轉過身去。

蕭南蘋心中一動：「這女子怎地對南哥哥這樣好？」醋意不禁大作，卻也不好說出話來，只是悶在心裡而已。

千百年來，不吃醋的女子，恐怕還沒有哩。

萬虹微扭纖腰，走到山壁邊，伸出兩隻春蔥般的玉手，卻將一塊磨盤大的石塊，舉了起來，輕移蓮步，走到伊風身側，放下石塊，將籃中的酒菜，一樣一樣地拿了出來，放在石塊上，嬌笑道：「你這一進去，恐怕要好久才能出來，在裡面又沒有東西吃，先把這些吃了再進去吧！唉，時間這麼匆忙，不然我就親手給你做了。」

拿起一雙銀筷，遞到伊風的手上，又道：「涼了就不好吃了，快呀！」

伊風望著這純真無邪的少女，茫然接過銀筷來，心頭湧起一股難言的滋味來，卻不忍拒絕。

這雙筷子，在他手裡竟像是有千鈞般重似的，他訥訥地說道：「多謝姑娘！」

然後轉過頭，將手中的銀筷，遞給蕭南蘋，道：「南蘋！你吃一些！」

哪知蕭南蘋突地一轉身，將臉轉了過去，伊風方自一愣，左臂已被人拉住，一個嬌嗔著的聲音道：「我是送給你吃的，你客氣什麼？」

蕭南蘋背著臉，哼了一聲，冷冷道：「誰稀罕！我根本就不要吃。」

伊風心中不禁暗自一笑，但此情此景，他心中的暗笑，又怎會延續得長久呢！

他舉著銀筷，望著這兩個吃著醋的少女，望著面前的酒菜，手中的銀筷，在陽光下正閃著光。

這是一幅多麼美的情景！但是這情景又能延續多久呢？

於是他長歎一聲，將手中的銀筷，放在那塊青石上，微喟道：「多謝姑娘！不過小可實在吃不下去。」

萬虹眼圈一紅，覺得委屈得很，還想再說句話，哪知萬天萍已轉過身來，叱道：「不吃就算了！」

鐵掌一揮，將青石上的酒菜、湯麵，都揮在地上。伸出一隻食指來，指著那寬才及尺的山隙，又冷叱道：「快進去！」

伊風劍眉一軒，方想發作，蕭南蘋卻已握住他的手掌，冷冷道：「進去就進去。」

邁開腳步，就往裡走。哪知眼前突地一花，一條翠色的人影，張著雙手，擋在山隙前面，嬌叱著道：「我爹爹要他進去，你也進去幹什麼？」

蕭南蘋杏眼圓睜，亦嬌叱道：「你管不著！」

轉向伊風：「走！我們一齊進去，要死也死在一起。」

萬虹冷笑一聲，道：「我從來沒有看過像這樣的人，臉上長得跟醜八怪似的，還拉住人家的手，也不怕人家討厭你。」

「你說誰？」

「我說的就是你！」

蕭南蘋突然「咯咯」地嬌笑了起來，道：「這種話我倒是第一次聽過，想不到世上還有人說我瀟湘妃子醜，南哥哥！你說可笑不可笑？」

伊風雙眉深皺，哪知萬虹卻已嬌笑道：「你不醜，你不醜，你美極了。」

一面伸手入懷，掏出一面菱花銅鏡來，放在蕭南蘋眼前，又嬌笑著，譏嘲著道：「你自己看看，是美是醜！」

伊風出手如風，疾地去搶這面銅鏡，但萬虹手腕一曲一折，卻又將這面銅鏡，送到蕭南蘋眼前。

第六四章　芳心寸碎

伊風身形一動，迅急掠到蕭南蘋身前，雙手疾出如風，上下交錯而去，「雙龍奪珠」，兩隻鐵掌，同時奪向這面銅鏡。

萬虹「咯咯」嬌笑一聲，柳腰輕折，衣袂飄飄，身形便已倏然滑開三尺，玉手一揚，將手中的銅鏡筆直拋向蕭南蘋，一面輕笑道：「你自己看看吧！」

伊風大擰身，伸手奪鏡，但脅下突地襲來一縷風聲，萬虹的一隻玉手，已倏然襲來，兩隻春蔥般的手指，微微並起，指甲上塗著鮮血的花汁，越發襯得這隻手的膚色如玉。

但是這隻玉手，卻是疾點向伊風脅下的「藏血」大穴。

伊風大驚之下，提右腳，沉左肘，雙掌齊出，劃向萬虹的手腕，哪知萬虹卻突地收回玉掌，微折纖腰，又滑開三尺，輕笑道：「我才不跟你打哩！」

伊風微微愕了一下，回過頭去，只見蕭南蘋正在捧著這面鏡子，目光呆滯，看個不已。

而那「鐵面孤行客」萬天萍，卻是負手冷笑，對方才所發生的這些事，竟然完全不聞不問。

做父母的心情，尤其是做一個年方及笄的懷春少女的父母，其心情，伊風當然無法瞭解。

他雖然有些奇怪萬天萍的態度，但是此情此景，此時此地，卻又怎容得他來思索這些？

他乾咳一聲，一個箭步，竄到蕭南蘋身側，柔聲道：「南蘋！別看了！你臉上的這些，不過是皮肉擦傷而已，馬上就會好的。」

輕輕伸出手，去拿蕭南蘋手上的那面鏡子。

但是蕭南蘋捏著鏡子的手，竟生像是鐵鑄的似的，半點也不放鬆。

萬虹在山壁間折了一段枯藤，拿在手上，一段一段地折斷，口中笑道：「南哥哥！你又何必騙她呢？她就算臉上的傷好了，也要變成一個大麻子了。」

她方才聽到蕭南蘋叫伊風「南哥哥」，此刻自己便也叫了起來，而且叫的聲音嬌柔婉轉，入耳如蜜！

伊風回頭怒視一眼，哪知蕭南蘋突地仰天狂笑起來，一抬手，將手中的銅鏡，「噹」地拋在山壁上。

伊風大驚之下，一把抓住她的手，連連道：「南蘋！南蘋！你怎麼了？」

蕭南狂笑著，眼中的淚珠，斷了線似的流了下來，流過她滿是血跡的面靨，落下來時，便也變得有如血般鮮紅。

她狂笑著，摔了伊風的手，笑聲已變為哭泣，哭泣卻仍似狂笑，這狂笑聲與哭泣聲，便混合成一種鐵石人聽了都要腸斷的聲音！

瀟湘妃子，美名遍及武林，只要是行走江湖的人，雖未見過瀟湘妃子，卻也知道她是美如天仙的麗人，然而此刻……蕭南蘋的芳心，便有如萬虹手上的枯藤，一寸一寸地斷落了下來。

她知道此刻自己已不配伊風，但是昨夜狂亂的溫馨，卻仍宛然在目。

她不知自己該怎麼辦，眼前茫然一片，天下雖大，卻像是再也沒有一條自己能走的路！

迷茫的眼中，她似乎看到伏虎金剛阮大成，以及一些曾經被自己折辱過的癡情男子，一個個都伸出手來，指著自己笑罵。

然後，這些人的影子，便在她腦海中開始旋轉起來，像風車似的，越轉越快，終於變成一片混沌。

伊風吃驚地望著她，手足也為之失措。

萬虹站在山壁前，也不禁怔住，微微有些後悔。她終究還是個純真的少女呀。

鐵面孤行客卻冷哼一聲，冷冷道：「時光已經不早了，你可以進去了吧！有什麼話，一個月後，只要你不死，再說也不遲。」

蕭南蘋突地伸出那雙帶血的玉手，掩在自己臉上，嬌啼著，飛也似的狂奔出去。

伊風大叫一聲，展動身形，攔在她的前面，悲嘶著道：「南蘋！你這是幹什麼？不管你的臉變成什麼樣子，我……我還是喜歡你的。」

然而蕭南蘋的啼聲卻更悲哀了！此刻她雖有千言萬語，哽在喉間，卻一句話也說不出來。

終於，她暗中一咬銀牙，悲切地說道：「南哥哥，你……你進去吧！只要你不死……我……始終是你的，昨天晚上……我……我不是把一切都交給你了嗎？」

萬天萍突地冷笑一聲，掠了過來，道：「你是在做夢吧！昨天晚上，這小子明明……」

話方說至此處，伊風已大吼一聲，和身撲了上去，右手五指箕張，抓向萬天萍的面門，左手掌緣如刀，橫切萬天萍的胸腹。

掌風凌厲，勢如瘋虎！這一攻，正是伊風畢生功力所聚。鐵面孤行客雖然武功絕高，卻也不得不停住嘴，側身避招。

伊風一招落空，絕不容萬天萍再有喘息的機會，掌影翻飛，「唰唰唰」，一連數掌，疾如飄風地攻向萬天萍身上。

鐵面孤行客嘴角微噙冷笑，腳下微踩迷蹤，袍袖拂處，輕易就將伊風的數招避過。

須知伊風武功本就不是萬天萍的敵手，在無量山巔，他雖曾將萬天萍逼在下風，但那時卻是萬天萍大傷未癒，真力未復的時候。

而此刻萬天萍不但功力已完全恢復，而且自從他喝了妙手許白體內含有靈藥的血後，功力更是大增，自然未將伊風看在眼裡。

而伊風此刻本已是強弩之末，數招搶攻過後，他真力更是不繼。卻見萬天萍袍袖拂動處，冷笑道：「那女子已經走了，你還拚什麼命？我真不懂，你好好一個漢子，看來也蠻聰明的，怎地如此笨法，連個好歹都不懂！」

伊風手肘一沉，雙掌便又「砰」地擊出，目光轉動處，四下果然已失去了蕭南蘋的影子。

他不禁又大喝一聲，轉身撲了過去，但面前突地劈來一股勁風，鐵面孤行客已帶著冷笑擋在他面前，冷冷道：「你想走可不成！」

袍袖連展，雄渾的掌風，逼得伊風腳步踉蹌，連連後退，此刻他竟連還手之力都沒有了。

萬天萍目光凛於寒冰，冷叱道：「你想死，還是想活？」

伊風狂吼一聲，又撲了上去，但手腕卻突地一緊，他的右手，竟被萬虹的一雙玉掌牢牢抓著了。

此刻伊風的眼中，生像是要噴出血來，火赤的眼睛，瞪在萬虹身上，右手猛地一甩，恨聲道：「都是你！」

但他右腕方自掙脫，左腕卻像是突地加了一道銅匝似的，脈門一麻，他全身的勁力，竟在一剎那中消失了。

鐵面孤行客萬天萍，以掌力名滿天下，手上的力道，是何等驚人！此刻伊風被他擒住了脈門，縱然他武功再高，卻再也無法掙脫。

只見萬天萍刁著他左腕，冷冷道：「你想死，還是想活？」

伊風目光如火，瞪在他臉上，嘴唇緊緊閉著。

鐵面孤行客萬天萍雖然一生殺人無數，此刻卻也不禁為他這種目光所懾。

「此人性情倔強，今日我若放過了他，日後他必定千方百計地報復。」

萬天萍一念至此，眼中殺機已現，緩緩舉起左掌來，便向伊風面門拍去。

哪知他掌勢方自拍至中途，萬虹卻已掠了過來，將自己的身子，擋在她爹爹鐵掌拍出的方向前面，嬌聲道：「爹爹！你還是把他關在那山洞裡去吧！讓他冷靜地想兩天，也許……也許他會回心轉意，拜在你老人家的門下呢。」

鐵面孤行客暗歎一聲，知道自己的女兒已動了真情。他一生之中，雖然不知傷過多少人的心，可是他卻不忍讓自己的女兒傷心。

於是他緩緩伸回手掌，卻見伊風緊緊閉著雙目，一副已將生死置之不顧的樣子，似乎世間的一切事，都已不放在他心上。

萬天萍微喟一聲，左手亦自搶出，扣住了伊風的右腕，腳尖一點，他竟將伊風拖到山隙前面，右手一鬆，伸指在他「笑腰」穴上點了一下，左手揮處，就將伊風推進了山隙。

萬虹呆呆地看著她爹爹，將她一生中第一個鍾情的男子，推進了那條山隙，又從山壁邊搬來兩塊巨石，塞著山隙的出口。

這兩塊巨石，想必本就是用以堵塞這條裂隙的，是以大小竟恰到好處。

而且這兩塊巨石，重逾千斤，連鐵面孤行客這種以「混元一氣功」名震江湖的人物，搬動時尚且盡了全力；那麼勁力已成強弩之末的伊風，又怎麼能在山隙裡將它弄開呢？何況這鐵面孤行客，還在外面又加了兩塊巨石。

萬虹暗暗歎息一聲，垂下了頭，呆呆地想著心事。

冬日本短，此刻日已西墜，落到山後，山風更勁，吹到她身上，已有寒意。

她正自芳心暗中悽楚，卻聽她爹爹已暗笑說道：「虹兒！不要難受！再過個五六天，等他餓得差不多時候，我就將他放出來。唉——傻孩子！你還怕爹不知道你的心嗎？」

萬虹雖仍然垂著頭，粉面卻已羞澀地嫣紅了起來。口中「嚶嚀」一聲，偎進她爹爹的懷裡，不依道：「你老人家知道什麼？我的心又怎麼了——」

卻又忍不住道：「爹爹！你剛才是不是點在他的『笑腰』穴上？時候一久了，恐怕要受傷吧！」

萬天萍哈哈笑道：「傻孩子！你放心！爹爹手底下，自然有分寸的，用不著一個對時，他的穴道自然就會解開的。」

這名滿江湖的辣手巨盜，此刻得意地大笑著。因為他口中雖然這麼說，心裡卻知道，自己點的穴道，雖然一個對時之後，便能自解，但是被點中穴道的人，卻至少有一個月真氣不能通暢。

那麼伊風縱然身上懷有武林至寶《天星秘笈》，卻也無法在這些天裡，學會上面的武功。

他一生闖蕩江湖，心思之縝密，自非常人所能及；而且他以掌力成名，自信自己對「點穴」一道，已經爐火純青，可以不成問題，隨意控制自己點穴的力道。

可是這心思縝密的老江湖，卻萬萬料想不到，這個被點中穴道的人，不到兩個時辰，穴道就被人解開了。只是解開伊風穴道的這人，卻是伊風一生之中，最最不願意見到的人哩。

第六五章 重逢如夢

伊風脈門被扣，腰畔又被鐵面孤行客的內家重手，點中穴道，毫無反抗地被推入了山隙，耳畔只聽得轟然連響，山的出口，就被巨石堵死。

本就只有一線天光射入的山隙，此刻自然也就變得墳墓般的黝暗，甚至連自己的手指，都無法分辨。

他雖然穴道被點，但只是全身無法動彈，氣血也無法流暢而已，知覺卻未完全失去，心中的思潮，反而亂得更厲害了。

黑暗之中，他只覺蕭南蘋的面容，從四面八方地朝他壓了過來，其中有的巧笑倩然，豔麗如花；有的卻是滿面血跡，慘不忍睹。

然而這些面容裡，卻有一點相同的地方，那就是她那一雙明如秋水的雙瞳，卻是始終溫柔而幽怨地望著自己。

他甚至連自己也不能分析自己對蕭南蘋究竟是哪一種情感，但是他卻能非常清楚地瞭解，蕭南蘋對他是哪一種情感。

近年來，他的心情，雖有如枯木般的枯寒，但這份情感，卻帶給他一分溫暖，只是此刻這種情感，卻已成了一種過重的負擔，就像一副重擔似的，壓在他心上，使得他的心，都快要爆炸了。

蕭南蘋臨去前含淚的狂笑，此刻還不可遏止地在他耳旁激蕩著：「南蘋！你跑到哪裡去了呢？」這問題像毒蛇般在啃齧著他。

至於他自己的命運，此刻他看來卻甚淡然，因為他自知已落入一個悲慘而無助的境況中。

最嚴重的，是他自己此刻連動彈都無法動彈一下，躺在這暗黑而陰森的山窟裡，潮濕而寒冷的泥地上，說不定什麼時候，黑暗中會有毒蛇躥出來，在自己身上咬上一口——何況他縱使能躲過蛇蟲的毒吻，也無法逃出這暗黑的山窟。

他甚至已開始幻想，在自己已被餓困苦，折磨得不成人形時，那鐵面孤行客就會帶著獰笑走進來，站在自己面前，叫自己答應他一切命令，而他也深知自己寧可死去，也不會接受的。

當人們已將自己的生死置之度外的時候，那麼他對自己的命運，不是就會看得極為淡然嗎？

於是，他索性閉上眼睛，靜靜聽著自己心跳的聲音，在這寂靜的山窟裡，一聲接一聲地跳動著。

「這聲音什麼時候會突然停止呢？」

他暗中自嘲地微笑一下。

突地想起一個兒時聽到的故事，那大意是說一個家財萬貫的鉅富，帶著他所有的財產，旅行到沙漠中去，準備以他所有金錢的力量，建造一個自己理想的地方。

他在人類中間，本是一個強者，因為他有著比別人多上無數倍的錢財，而他自己也常以強者自居。

但是，終有一天，金錢變得無用了，沙漠中既無食水，更無食糧，於是這個自以為金錢萬能的強者，便在沙漠裡，伴著無數錢財，因渴而死去。

伊風不知道自己在這種情況下，怎會突然想到這個故事來的。

那彷彿還是在很久很久以前，一個滿月的夏夜裡，自己坐在一張青竹製成的小椅子上，聽一個吸著旱煙的老者，對自己說的。

這故事直到此刻，他已忘去了很多，但他卻覺得自己的情況，此刻竟有一些和這故事相像。

他自幼好武，自以為只要武功超人，天下間所有不平的事，就不但不會落在自己身上，自己反可使著一身武功任意將它除去。

但後來，他卻知道世界上有許多事，絕不是憑著武功可以解決得了的，也正如並非金錢能夠解決一樣。

此刻自己被困在這山窟裡，身上就懷有武林中夢寐以求的至寶《天星秘笈》，但自己卻連看上一眼，都不能夠。

《天星秘笈》上縱有解穴道的方法，但此刻對自己卻半點用都沒有。

他越想越多，心中思潮也就越亂。

忽然又覺得這故事和自己的情況，一點都不像，忽然又想到另一個故事。

但忽然又覺得面前就是蕭南蘋的影子，忽然又看到萬天萍獰笑的面孔……世間最難控制的事，恐怕就是人們心中的思潮了。世間之所以有如此多的煩惱，那也就是人們常常會想到自己不該想的事。

伊風也正是如此，他越想將思潮平靜下來，心裡想的事卻反而更多。

哪知他正自心神紊亂之際，山窟深處，也傳來一陣細碎的腳步聲，他全身躺在地上，是以聽得分外真切。

只聽這腳步聲來勢雖緩，但聲音卻越來越顯著，顯見得已來到近前。

伊風心中紊亂的思潮，此時不禁一掃而空，卻換上很重的疑惑：「這山窟中怎會有腳步聲，莫非是裡面潛伏著什麼猛獸，聞到生人氣味——唉！想必是那萬天萍早就知道，是以把我關在這裡，又點上穴道，好教猛獸吃了，他自己手上卻不沾血腥，也免得讓他女兒看到他親身殺我，心裡難受。」

想到這裡，他心中不禁升起一股寒意，貼在地上的背脊，也就更加冰冷。

張開眼，卻見這本來黝黑無比的山窟，卻突地有了些亮光，而且隨著腳步聲的近前，而越來越亮。

於是他不禁又自嘲地暗笑一下，知道這腳步聲絕非猛獸發出的，因為野獸手裡，一定不會帶著燈火。

「但從這裡面出來的人，又會是誰呢？」

他雖想回頭看看，但卻做不到，只得將眼睛儘量上翻，果然看到這條窄長的山窟裡面，緩緩行來一條人影，手裡捧著一盞油燈，在這種黝黑無比的地方，便顯得分外明亮。

他稍一閉眼睛，再張目而望，只見這條人影，已來至近前了。

借著油燈之光，他看出這人影竟是女子，蓮足纖纖，穿著一雙繡金的紫紅鑾靴，靴子上是條淺紫的散腳長褲。再往上看，只是一隻春蔥般的玉手裡，捧著一盞青銅鑄成的油燈。

伊風心中疑雲大起，希望這山窟中神秘的女子，再往前走一些，好看清楚她長得什麼樣子。

哪知這女子邁步姍姍，婀娜行至此處，就停下腳步，不往前走了。

伊風雖盡力翻著眼睛，卻也無法看清這女子的面容。

卻聽那女子輕輕驚呼了一聲，蓮足微抬，像一陣風似掠過伊風，掠到洞口，伸手推了推堵在洞口的巨石，像是也大出意外。

伊風此刻雖然看到她的全身，但卻只是個背影，只見這女子頭上雲鬢高綰，包著一方紫絹，身上也穿著一襲紫色袍子，但卻寬大已極，和她婀娜的身材，大不相稱。

他心裡越來越奇怪，只見這女子輕輕歎了口氣，緩緩轉過身子，伊風心中一凜，不自覺地閉上眼睛，他本來亟欲一窺這女子的面容，但此刻卻竟又不敢看，生怕這女子轉過臉來，臉上只是一副骷髏。

哪知卻聽這女子突地一聲驚呼，接著「噹」的一聲，像是她手中的油燈，也落到地上。伊風大吃一驚，趕忙張開眼來，卻見洞中又是漆黑一片，連這女的身形都看不清了。

伊風心中疑團百結，卻苦於連開口問問都不能夠，暗自忖道：「這女子想是看過洞中有人，因此吃了一驚，看她的身法，輕功已可算是高手，她若當我是個歹徒，不分青紅皂白，先把我制死，唉——我在江湖闖蕩，出生入死多次，如果此刻不明不白，死在這女子手上，豈非冤枉。」

須知伊風雖然已將生死置之度外，但真如瀕臨絕境，仍會不自禁地升起許多奇怪的想法，這本是人類通有的弱點，他雖是達人，但終究也是人類，自然也不會例外。

黑暗之中，只聽到這女子的呼吸之聲，極為粗重，顯見她心中正自激動無比，伊風不禁又暗自奇怪，她為著什麼如此呢？

哪知耳畔，一陣風聲嗖然，衣袂飄飄，這女子竟又飛也似的掠入洞裡，衣袂飄風聲中，似乎還隱隱聽到這女子的喘息之聲，比先前更加粗重，但瞬息之間，又全沒入洞窟深處。

此舉倒是大出伊風意料之外，他再也想不到這女子會突然離去，既未對自己有所舉動，甚至連話都沒有問一句。

在這種情況下，這女子如此舉動，確是大出常理之外，伊風左想右想，卻也想不出一個理由來。心中正自疑惑之際，哪知洞窟深處，卻又傳出一陣細碎的腳步，只是比上次來得遠為快速。

伊風凝神而聽，忽地聽得這腳步聲中，還夾雜著咿呀兒語之聲，像是一個尚未學語的幼童發出的。

但他尚未來得及思索之前，那腳步聲已來到耳畔，風聲響動處，他只覺那女子已來到身側，一陣陣甜柔的香氣，散入鼻中。

他側目而望，只見一團黑影，立在身側，手裡似乎還抱著一個稚齡幼童。

那人影默默佇立了半晌，突地俯下身來，伸出一隻手，在伊風身上撫摸一遍，然後手腕一翻，將伊風的身子反轉了過去，「啪啪」幾聲，極快地在伊風背後腰畔，拍了五掌。

伊風心中方自暗叫「不妙」，哪知喉間一鬆，「咳」地吐出一口濃痰來，全身氣血，竟立刻通行無阻。

他微微一愕，緩了口氣，挺腰站了起來，只見那人影仍默默地站在對面。

山窟裡寂然無聲，只有被抱在這神秘女子手中的嬰童，在「呀，呀」地學人語。

突地——眼前一亮，這女子手中，已多了一隻煸著火的火摺子，伊風退後一步，目光電也似的望向這女子的面上，霎眼之間，他只覺天旋地轉，腦中一片混沌，幾乎再也無法支持自己的身軀，而搖搖欲倒了。

因為，此刻站在他面前，手裡抱著一個肥胖的嬰兒的紫衫女子，竟是銷魂夫人薛若璧！

第六六章 如此人生

火摺上的火焰，雖然不亮，但已足夠使得他們看清彼此的面容。熒熒的火光，照到山壁上，使得長滿苔蘚的山壁，發出一種碧綠而陰森的顏色，這卻也正如伊風此刻的面色一樣。

他眼睛瞬也不瞬地，瞪在這曾經令他幾乎失去了生存勇氣的女子身上，緊握著的雙手，也開始顫抖了起來。

抱在薛若璧手上的嬰兒，滾動著大眼睛，看到他的樣子，「哇」的一聲哭了。

伊風雙目火赤，從薛若璧臉上，緩緩滑了下去，只見她昔年無比婀娜的身軀，此刻竟臃腫不堪，凝目一望，原來是已懷有身孕。

這使得伊風心中，絞痛得似已滴出血來，哪知薛若璧幽幽一笑，卻道：「南人！你想不到是我吧！別這副樣子看我，好不好──」

伊風大喝一聲，跺腳躥了過去，厲叱道：「你竟還有臉來見我？」心情的過度痛苦和激動，使得他失去了理智的控制，在這種情況下，又有什麼人能控制得住自己哩！

薛若璧左手環抱著嬰兒，右手舉著火摺子，微一折腰，身形翩然滑了開去，口中卻道：「南人！你脾氣怎地變得這麼火爆，你看！把你的兒子都嚇哭了！」

這句話，像支箭似的，直射入伊風心裡，一瞬間，他全身的血液，不禁都立刻為之凝結，緩緩側過身來，厲聲問道：「你說什麼？」

薛若璧左手搖動著懷裡的嬰兒，溫柔地說著：「小南！別哭，這是你的爹爹。來！笑一個，笑給你爹爹看！」

伊風大喝：「你說什麼？」

腳步動處，一步一步地走到薛若璧面前。

薛君璧卻輕輕一笑，抬起頭來，緩緩說道：「這個就是你的兒子，今年已經三歲了，卻還沒有見過爸爸哩！」

左手一抬，竟將手上的嬰兒，送到伊風面前。這嬰兒小手一張，竟不哭了，張著手撲到伊風身上。

已經全然愕住了的伊風，但覺自己心裡空空洞洞的，不知道自己該怎麼好，下意識地伸手接過這孩子，卻聽薛若璧又自笑道：「你看！小南多乖！他還認得爸爸哩。」

左手輕輕一攏鬢髮，回過身子，緩步朝洞窟深處走了過去，一面又道：「這裡黑得很，快跟我一齊進去，別讓小南嚇著了。」

伊風怔怔地抱著手中的嬰兒，但見這孩子竟帶著一臉無邪的笑容，在望著自己，一雙小手，不住地在自己眼前晃動著，竟真的像是認識自己似的，他不禁心中大動，搶步跟了上去，一面喝道：「若——薛若璧，你這是不是又在騙我？」

薛若璧頭也不回，極快地在前面走著，鼻孔哼了一聲，道：「你算算看，我離開你是什麼時候，這孩子有多大了。」

伊風緊了緊手中的孩子，他幾乎沒有勇氣接受這個事實。

然而，一種父子由生俱來，無法磨滅的天性，卻使他此刻將任何事都忘了。腳下加勁，往前搶出幾步，卻見薛若璧身形一轉，已轉入一個數丈方圓的洞窟裡。

人生的際遇，又是多麼奇妙，這洞窟昨夜曾改變了蕭南蘋一生的命運，如今卻又來捉弄伊風了。

他怔怔地望著自己手中的孩子，這孩子是他的肉中之肉，骨中之骨。然而這孩子卻又是從一個被自己深惡痛絕的淫賤女子肚中生出來的，而這女子此刻懷著的另一身孕，卻是自己深仇大恨的骨血。

這種微妙而複雜的關係，又有什麼人能夠整理得出頭緒來呢？又有什麼人能告訴伊風，他此刻究竟應該如何做呢？

在這種情況下的伊風，自然是混亂而迷失的，他呆呆地站在這洞窟的中央，看到薛若璧點起架在山壁上的一盞銅燈，捲滅了手中的火摺子，緩緩走到床邊，和身倒臥了去，一面笑道：「現在你總該相信這孩子是你的了吧？不過——喂！這也真有點奇怪，你怎麼會跑到這裡來的？又被人點中穴道，而且還被人從洞口外面堵死了？剛才我一看見倒在地上的是你，可真把我嚇了一跳。」

伊風切齒暗罵，自己當年真是瞎了眼睛，千挑萬選，卻選中了如此一個女子做妻子，如今他雖已得到了教訓，知道一個人內心的美麗，遠比外表的美麗重要得多，但是這教訓卻是多麼殘酷！

他望著倒臥在石床上，這曾經被自己全心愛過的女子，心中切齒暗忖：「方才她看到我，卻不敢見我，因為她知道我絕不會放過她，是以又把這孩子帶出來，唉——我雖然恨她入骨，卻又怎能對付我親生骨肉的媽媽呢？

「薛若璧！你外表雖然美麗如昔，內心卻比以前更為醜惡了！唉——天呀！為什麼又偏偏讓我遇著這些事，這不是太不公平了嗎？」

薛若璧在床上嬌慵地翻了個身，面上又泛起了桃花般的笑容，嬌笑著道：「喂！你怎地不說話，別忘了剛才是我把你救回來的呀！那時候只要我一伸手，你就完了，何況就是我不伸手，你又挨得過多少時候呢！唉——你這人真沒良心，也不來謝謝我。」

伊風冷哼一聲，勉強壓著心裡的憤恨，沉聲說道：「你那蕭無呢？你不跟著他，卻跑到這裡來做什麼？」

薛若璧手肘一用力，從床上翻身坐了起來，滿含笑容的面龐，此刻突地籠上了一層秋霜，狠狠地望著伊風，恨聲道：「你問他做什麼？」

「我不問他，誰問他？他雖然毀了我的家庭，奪去我的妻子，但我卻要謝謝他，因為他讓我看到你那淫賤、卑鄙的心，若不是他，我就要和你這種人守一輩子。」

壁間的燈光，照在薛若璧嬌美如花的臉上，只見她芙蓉為面，春山為眉，一雙剪水雙瞳上覆蓋著長長的睫毛，紅如櫻桃的櫻唇上，是秀麗而挺直的鼻子，這銷魂夫人薛若璧，果然美入骨髓，但是她目光流轉不歇，面色陰暗不定，卻顯見得是個難以捉摸的女子。

此刻她竟幽幽長歎一聲，伸出那隻欺霜賽雪的青蔥玉手，在眼眶旁邊輕輕抹了一下，緩緩道：「南人！我知道你恨我，但是你也得原諒我，我只是一個柔弱的女子，雖然也會些武功，但怎能抗拒得了蕭無，何況——你那時又不在家。南人！我們是那麼多年的夫妻了，有什麼話不能說開的，你知不知道，我……我心裡……還是……」

話聲未了，這狡黠而美貌的女子，竟「哇」的一聲，哭了起來，反身撲到床上，香肩不住起伏著，像是哭得極為悲痛。

伊風望著她起伏著的肩頭，心裡雖然有無比的厭惡，但卻又不禁發出一種難言的情感。

抱在他手中的嬰兒，小手張了兩張，也「哇」的一聲，哭了起來。

伊風縱然心腸如鐵，縱然他也知道伏在床上像是在痛哭著的女人，表面雖在痛哭著，心裡卻不知又在轉著什麼念頭。

但是這兩人的哭聲，卻使得他的心又開始亂了，亂得像暮春時節，江南河岸邊的春草，他不禁暗暗佩服朱買臣，有「馬前潑水」的決斷，人們拒絕一個曾經做過自己妻子的人的要求，該是多麼困難，困難得幾乎不能做到的事呀！

他心中暗歎一聲，伸出那隻曾經挫敗過不知幾許武林高手的鐵掌，在他懷中那天真而無邪的孩子身上，輕輕拍動著，張口想說話，卻又不知該怎麼說才好，緩緩地走到床前。

哪知薛若璧突地翻身坐了起來，伸出纖手，一抹淚痕，哽咽著道：「我不管你還要不要我，反正我們此刻被困在這裡，洞口那塊大石，重逾千斤，我們兩人也推不開它，而且……老實告訴你，我也不想活了，可是我們現在總算又在一起，這也許是老天可憐我，讓我能再見著你，我……我不要聽你那些難聽的話，你要是還恨我，你就一刀把我殺了也好。」

伊風望了手中的孩子一眼，不禁暗中長歎一聲。他一生之中，遇著的困境，雖有不少，但取捨之間，卻從未有更困難於此刻的。

他心中思潮如湧，俯首凝思了半晌，抱在他手上的孩子，又止住了哭聲，伸出小手，在他已略為顯得有些憔悴，但仍不失英俊的面孔上，輕輕撫摸著。

這隻小手，像是帶給他一種無比巨大的力量，使得他倏然恢復了生命的勇氣。

於是他抬起頭來，沉聲問道：「這裡可有食糧？」

薛若璧點了點頭，面上卻又掠過一絲寒意，恨聲又道：「南人！你知道這裡是什麼地方？哼，這裡就是那蕭無淫樂的地方，他在外面弄到女人，就帶到這裡來，他還以為我不知道。」

她語聲一頓，伊風望著面前這外表的美貌，已掩不住內心醜惡的女子，不禁升起一陣噁心的感覺，卻聽她接著又道：「可是我卻想不到，昨天晚上他搭上的女子！」

她恨惡地說著，一面從懷中掏出一方手帕來，揚了揚，接著道：「居然是瀟湘妃子蕭南蘋！」

第六七章 二十天中

伊風但覺耳畔轟然一聲，一個箭步躥了過去，搶過那條手帕，提起一看，只見這條淡青色的手帕角上，果然繡著深藍色的「南蘋」二字。

薛若璧一手接過那已哭了起來的孩子，一面又接著說道：「今天我到這裡來的時候，嘿，你不知道，這張床上亂成什麼樣子，地上還有這塊手帕，我一看就知道是蕭南蘋那妮子的——」

伊風厲叱一聲：「住嘴！」

卻見薛若璧吃驚地望著自己，於是暗歎一聲，又道：「這種無恥之事，請你再莫在我面前提起。」

此時此刻，他又怎能不掩飾住自己的情感，他面上肌肉，無法控制地扭曲起來。

世間沒有任何一種言辭，能形容他此刻的心境！

也更沒有任何一種言辭，能形容他對那蕭無的仇恨！

但薛若璧，卻絲毫不瞭解他此刻的心境，她正巧妙地在編織著一張粉紅色的網子，想讓這曾經愛過自己的人，再一次跌入自己情感的圈套。

這幽秘的石窟，顯然是經過巧妙的安排的，凡是生活上一切必須的東西，你都可以在這張石床下面的空洞裡找到。

一簍泰安的名產醬漬包瓜，一隻已經蒸熟的羊腿，一方鹿脯，兩隻風雞，四隻板鴨，一簍關外青稞製成的稞巴，一罈泥封未開的紹興女兒紅和一灌澄清的食水，這天爭教主的安排，的確是縝密的。

薛若璧勤懇地整治著食物，似乎想將伊風帶回遙遠的回憶裡。

伊風無動於衷地望著這些，心中卻在暗忖：「靠著這些食物，我支持個一二十天，是不成問題的。乘此時候，我要把《天星秘笈》上的奇功秘技，儘量學得一點，二十天後，那萬天萍如不食言——」

他嘴角不禁泛起一絲微笑，但是這笑容，卻也是極為黯淡的。

這石窟中的兩人，各自都在轉個心思。

只有那無邪的嬰兒，瞪著一雙無邪的眼睛，望著他的父母，人世間的情仇恩怨，他一絲也沒有感覺到，他，不是人世間最最幸福的嗎？

伊風除了不時對他的幼子慈藹地笑笑之外，就再也不發一言，甚至連望都不望薛若璧一眼。

等到薛若璧和嬰兒都睡了，他就坐在燈下，掏出《天星秘笈》來，仔細地翻閱著，不時會突然站起身子，比個招式，又狂喜地坐了下去。

三天之中，他學會了一些以前他連做夢都沒有想起的武功招式。

在這三天中，他連眼睛都未曾合過一下，薛若璧像是也賭起氣來，不和他說一句話，他自然更是求之不得。

但是，人總有疲倦的時候，於是他倚在牆邊，胡亂地睡著了。

睡夢之中，他只見鐵面孤行客正鐵青著臉，來搶他懷中的《天星秘笈》，他大驚之下，狂吼一聲，便自驚醒。

睜眼一看，卻見薛若璧正赤著一雙腳，站在自己面前。

他當然知道她是為著什麼，於是自此他甚至不敢睡覺，只是偶然打個盹，但也隨時驚覺著。

一天、兩天……許多日子過去了，一個嚴重的問題，卻隨著時日的逝去發生。

食水沒有了，於是他們打開酒，以酒作水。

但是孩子呢！孩子也只得喝酒。伊風用筷子蘸酒，放在他口裡，讓他慢慢吮著。

漸漸，這孩子已習慣了酒味，也能一口口地喝酒了。

紹興女兒紅，酒味雖醇，後勁卻大，孩子自然最先醉了，薛若璧也跟著醉倒。

伊風望了望她挺起的肚子，心中突又湧過一陣難言的滋味，走到牆邊躺下，放心地呼呼大睡起來。

根本沒有日光透入，因此他們也根本不知日子到底過了許多，薛若璧醉了又醒，醒了口更渴，於是再喝又醉——不可避免地，伊風的神思，也因終日飲酒，而變得有些眩暈，只是他究竟是個男子，酒量較宏，是以還沒有醉倒罷了——日子飛旋著溜走了。

伊風已將那本《天星秘笈》，從頭到尾看了一遍，他武學已有根基，天資本就極高，此刻學起來，自然是事半功倍。

其中雖有些奧妙之處，他還不能完全領略，但那只不過是時日問題罷了。

他自覺自家的武功，比起進洞之前，已有天壤之別。

他甚至自信地認為：以自家此時的功力，不難和萬天萍一較短長。於是他欣喜地站了起來，在桌上拈起一片火腿，放在口中慢慢咀嚼著，望著床上睡得正濃的愛子，他不禁又為之俯首沉思長久。突地，一聲轟然巨響，從這洞窟外面的隧道盡頭傳來。

伊風心中一動！轉身走了出去，又飛也似的掠了回來，掠到床前，伸出雙手，想抱那仍在熟睡中的孩子。

這些天來，他和這孩子之間的情感越來越濃，父子之情，有時是比世間任何一種情感都要濃厚的，這本出於天性，無法勉強。

哪知薛若璧突地一個翻身，伏在這孩子身上，厲聲道：「你要幹什麼？」

伊風冷哼一聲，叱聲：「這是我的孩子，我可不能讓他再跟著你。」

薛若璧將身子，整個壓在這孩子身上，微微側過臉，圓睜著杏目，厲聲道：「你憑什麼要這孩子！小南是我生的，又是我養的，你憑什麼要把他從我身邊搶走？」

伊風冷哼一聲，也不說話，疾伸雙掌，右手去扳薛若璧的身子，左手卻去搶那孩子，那孩子從睡夢中醒來，「哇」的一聲哭了。

薛若璧左手反揮，去劃伊風的手腕，口中發狂似的喝道：「你要是再敢碰這孩子，我就弄死他，我也死，我們母子兩人一齊死給你看。」

伊風疾伸出去的鐵掌，停留在薛若璧身上微微顫抖了一下，終於縮回手，長歎一聲，沉聲說道：「你要這孩子幹什麼？難道你要他跟你和……和蕭無一齊，讓他受那姓蕭的折磨？唉！你若還有夫婦之情，就將這孩子還我，我——我感激你一輩子。」

薛若璧突地縱聲狂笑了起來，伸出纖掌，一掠亂髮，狂笑著道：「夫妻之情？哈！你也知道夫妻之情，那你為什麼只要孩子？呂南人！我雖然也有對你不起的地方，可是——」

她狂笑頓住，聲音突然變得哽咽起來，微微抬起些身子，伸手摸了摸那孩子的面頰，接著又道：「可是，我現在已經知道錯了，你難道——」

她長長地歎了口氣，不再往下說下去，但就算她不說，伊風也已知道，這聰明的女子，此刻已想脫離蕭無，回到自己身側來，而用這孩子，作為要脅的武器。只是她太聰明了些，竟將別人，都當成白癡。

他微微冷笑一聲，道：「薛若璧！你是個聰明人，你該知道——」

語猶未了，哪知——

第六八章　許白更生

洞口突地響起一陣狂笑，一個有如洪鐘般的聲音，狂笑著道：「我正奇怪！萬天萍這隻老猴子，為什麼像呆子似的，坐在這山洞的洞口，洞口又堵著大石頭；卻不知道原來是你這娃娃在洞裡面。」

伊風大驚轉身，目光方自一轉，卻又駭得幾乎要失聲驚呼起來。壁間油燈光亮已弱，昏黃的燈光，照在洞口這人身上，只見此人身軀彪壯，光著頭頂，蓬亂的頭髮，胡亂打成一個髮髻，盤在頭上。身上穿的一襲絕好湘緞製成的長衫，上襟的鈕子卻完全敞開著，露出胸膛上茸茸的黑毛，和幾個黑色的傷疤。

濃眉環眼，目光如電，頷下虬鬚如鐵，根根見肉，卻正是那千里追風神行無影，妙手許白。

伊風但覺自己掌心盡濕，全身不由自主地冒著冷汗。

他在無量山巔，親眼見到這「南偷」和「北盜」兩人，互擊而死，但那「北盜」鐵面孤行客萬天萍，卻先就復活。

只是那時到底隔時未久，尚且還有些道理可說，但此刻這千里追風妙手許白，竟突地出現在自己眼前，這卻令人匪夷所思了。

他腳下像是生了根似的，再也無法移動半步。

那薛若璧見了這種情況，也不禁驚得呆了，甚至連那孩子，都止住了啼哭。

卻見妙手許白哈哈狂笑著，大步走入洞窟，目光閃電般四下一掃，看到石桌上還未吃完的羊腿風雞，和石桌邊不過僅僅剩下少許的紹興女兒紅，不禁又自笑道：「想不到，想不到，這山洞裡竟是恁地好去處，居然有酒有肉！」

他一手抓起半隻風雞，一手提起那罈酒，大口喝了口酒，嘿地一笑，連聲道：「好酒！好酒！」

吃了口雞，又道：「好雞！好雞！」回過頭來，看到伊風的樣子，狂笑又道：「小娃娃！你害得我這孤魂野鬼好苦，上到南天門，連孫悟空都嫌我太醜，一棍子將我打下來，跑到地獄，卻又被牛頭馬面擋了駕，我上天入地，才尋得這好地方，有酒有肉，一高興，說不定不向你索命了，你愁眉苦臉的幹什麼？」

伊風激靈靈打了個冷戰，他雖然從來不信人世之間，有鬼魂出現，但此刻這明明已死了好久的妙手許白，卻是真真切切地站在自己面前，卻又有什麼其他的解釋呢！

薛若璧伸出纖手，護住那已駭得直撇嘴，卻不敢哭出來的孩子身前，嬌聲喝道：「你是誰？」

妙手許白「呸」的一聲，將雞骨吐在地上，目光在她面上一轉，又仰口喝了一口酒，呼地呼出口長氣，大笑又道：「想不到你這小娃娃，倒娶了個這麼漂亮的太太。」

大步走到伊風身側，伸出自抓著風雞的巨掌，「啪」地在伊風肩上拍了一下，又自笑道：「小娃娃！不要怕。老實告訴你，老夫還未死。老夫要是死了，冤鬼也不會找到你身上，你怕個什麼？」

舉起酒，仰首待飲，但罈中的酒，卻已沒有了，他長歎一聲，道：「酒雖不錯，可惜太少了些！」

隨手一揮，將酒罈拋在山壁上，發出「砰」的一聲巨響，躺在床上的孩子，再也忍不住，放聲哭了起來。

伊風愕了半晌，勉強在臉上擠出一點笑容，訥訥說道：「多日未見，許老前輩風采卻仍依舊。」

他微微一頓，又道：「無量山巔一別，至此恐怕已有月餘了吧！許老前輩怎也有興上這西梁山來？」

妙手許白哈哈一笑道：「你這小娃娃，不要繞著圈子說話，你在奇怪老夫怎地未死？是不是？」

他大步走到桌旁，又拿起一隻鴨腿，坐到椅上，笑道：「小娃娃！你也坐下來。」

他用鴨腿指了指石床！

「跟你媳婦兒坐在一起，聽老夫慢慢告訴你——」

一眼瞥見地上還有只酒杯，杯裡還有些剩酒，拿來一口喝了，又自笑道：「十年以前，我和萬天萍那老猴子上了無量山，原本以為最多十天半個月就能解決，哪知道這老猴子的確有一手，我們這一比畫，竟比畫了十年！」

他將手中的雞腿，放到口裡咀嚼著，是以話聲也變得含糊不清，但他卻仍指手畫腳地說道：「那十年裡——嘿，日子可真不好過。直到你這小娃娃來了，又說出《天星秘笈》的事，我就知道我和那老猴子的比畫，又得不了了之啦。因為那些天星秘藏，可比我和那老猴子爭的璇光寶儀，要貴重得多，我可也動了心了。

「後來那些事你全知道，可是有件事你不知道，就是在猜枚選寶的時候，我弄了鬼，讓那老猴子先拿得《天星秘笈》，等我吃了毒龍丸，功力深過他時，再把《天星秘笈》搶來，讓那老猴子空歡喜一場。哪知——唉！人算不如天算，我是聰明反被聰明誤。」

伊風乾咳一下，心中暗忖：「原來如此，那時我還奇怪：這許白既以

『妙手』馳譽天下，怎地不在『猜枚』時弄下鬼，原來他另有算盤。」

卻聽妙手許白大笑一聲，又道：「小娃娃！我知道你心裡在罵我不夠磊落，你卻不知道我妙手許白一生行事，只要我自問說得過去就行了。那萬天萍有名的奸狡賊滑，我又何苦對他光明磊落——」

伊風劍眉一軒，像是想說什麼話，卻又忍住了。

許白伸出巨掌，從嘴裡掏出一根雞骨，又道：「可是我現在卻知道做人太精明了，也不是福氣。當時我一口吞下毒龍丸，先時還好，到後來可就覺得不對了，只覺得腦子發漲，身子也發漲，迷迷糊糊的，也不知生出什麼事，就完全沒有知覺了。」

說到這裡，這昔年縱橫天下的角色，面上的肌肉，也不禁為之抽搐起來，像是對當時的情況，思之猶有餘悸。

他伸手一抹嘴上的油漬，接著道：「等到我稍微恢復一些知覺的時候，我只覺有個人伏在我身上，像是在吸著我的血，當時我駭得心魂俱失，但可也沒有力氣反抗。」

伊風不覺又打了個寒噤，倒退兩步，「噗」地坐在床上。側目一望薛若璧，只見她那嬌美如花的面孔，此刻也變得像紙一樣地蒼白。

只聽那妙手許白接著又道：「可是奇怪的是：他越吸我的血，我反而越覺得舒服，漸漸頭也不漲了，身子也不漲了，只是全身虛飃飃的，整個人像是要飛起來。於是我迷迷糊糊地又睡覺了。

「等我再醒來的時候，也不知過了多久，睜開眼睛一看，那山窟裡空空的，連半個人影都沒有，我卻是躺在那張石桌上——喂！小娃娃，是不是你把我放上去的？」

伊風微一點頭，心中只覺跳動甚劇，以前他有些不明白的地方，現在雖然全都知道了，但是這種血淋淋的故事，卻使他有些難受。

妙手許白目光一凛，接著又道：「喝我血的，想必是萬天萍那老猴子了。」

伊風訥訥地說不出話來，卻聽他又道：「當時我雖已醒轉，但是全身上下的骨頭，卻像是已經拆散了似的，又酸又痛，又沒有一絲力量，幸好我自幼練功，還是童身，這點可是那老猴子比不上的。」

他得意地一笑，又道：「我暗中調息了許多，只聽得洞外不時有叮叮咚咚的聲音傳進來，有時停下，過一會又敲打起來。

「我心裡奇怪，掙扎著爬起來。只看見桌上地下，都是已經乾得發黑的血跡，我頭一暈，又倒在地上，我知道我失血太多，此刻就是一個三歲的小孩子進來，一拳也能把我打死。於是我又爬回石桌，動也不敢動，暗中慢慢調息著。」

薛若璧緊緊抱著她的孩子。

只見這妙手許白緩緩站起來，走到壁邊，將壁間的油燈，燈芯拉長了一些，於是這洞窟中便明亮許多。

轉過身來，燈光照在他的臉上，只見他的面色，其青如鐵。

薛若璧伸手握住她孩子的小手，但覺濕漉漉的，原來她掌心早已淌出冷汗。

妙手許白目光流轉，接著又道：「我在桌上躺了許久，那叮叮咚咚的聲音，雖然斷斷續續，卻始終在敲打著。

「我全身仍是軟綿綿的，一想這也不是辦法，於是我就又爬了起來，一路爬了出來，只聽那叮叮咚咚的聲音，就是在洞口發出來，於是我更加小心，不敢弄出一點聲音來，躲在山壁的褶縫裡往外一看——」

他仰天大笑一聲，接著道：「原來萬天萍那老猴子也被困在裡面了，此刻正在山洞門口處，發狂地敲打著山洞，像是想把山壁弄個洞，但是——」

他又放聲一笑：「你想想看，這怎麼辦得到？

「我再仔細一看，原來他這猴子，也是不大管用了，一舉一動，都透著有氣無力的樣子，而且敲不了兩下，就得停下來歇一歇，粗著脖子直喘氣。

「那時候我只要有原有功力的十分之一，就可以把他弄死，只可惜我那時卻比他更不管用。」

他語聲一頓，突然問道：「小娃娃！你走的時候，是不是先將洞門又關上了？」

伊風透出一口長氣，搖了搖頭，將自己如何將萬天萍騙入山窟，關上石門的事，說了一遍。

妙手許白聽得眉飛色舞，附掌笑道：「好！好！想不到這隻老狐狸，也有上人當的一天，真教老夫高興得很！」

仰天連聲大笑，顯見得心中高興已極。

第六九章　抽絲剝繭

伊風怔怔地望著許白，心中暗忖：「這妙手許白，身材高大，聲如洪鐘，心裡有什麼事，大半都顯露在面上。那萬天萍卻是瘦小枯乾，不但面上永遠不動聲色，說話也是尖聲尖氣。這兩人一陰一陽，一正一反，像是天生出來，就是對頭，倒不知將來是何了局。」

他心中正自思忖，卻聽許白又道：「是以那時我連大氣也不敢喘！心裡正在想：『洞門打不開最好，反正我既活不成，你也死定了。』哪知洞外卻突地響起一個說話的聲音，我雖聽不清楚，卻見那老猴子聽了，高興得上下亂跳——哈！你沒有看到，那才真像隻活猴子哩！

「他跳了半晌後，就用嘴巴貼著石壁，對外面大聲呼喊，告訴那人開啟洞門的方法，只是他此刻中氣已經不足，叫了兩三遍，那人才聽清楚，過了一會，只聽『呀』的一聲，那石門果然開了。」

他微微一頓，透了口氣，接著道：「門外立刻有天光射進來，也有風吹進來，風吹到我身上，我真是高興極了，這時候洞外掠入一個人來，身材也就和你這麼高大，穿著一襲極華貴的袍子，看起來倒是風度翩翩的樣子。」

伊風劍眉一軒，脫口道：「這想必就是蕭無了。」

妙手許白雙目一張，驚訝地問道：「你怎地知道？」

伊風哼了一聲，目光轉過薛若璧身上，又冷哼一聲，道：「我前幾天已見過姓萬的了。」

妙手許白「哦」了一聲，接著道：「此人果然自稱姓蕭名無，當時我還以為他只是個無名小卒，後來我才知道，他竟是近年名震江湖的天爭教教主。」

伊風鼻孔裡又輕哼一聲，卻聽他又道：「當時我伏在暗處，見這蕭無與那老猴子說了幾句話，目光似有意似無意地，朝我這邊望了兩眼，我也未曾在意。只見那老猴子跟著他走出了洞，我卻不敢出去，坐在當風之處，吸了兩口氣，又怕那老猴子突然轉回來，只得又爬回角落裡。

「哪知過了一會，那蕭無卻又轉了回來，筆直地走向我藏身的地方，朝我當頭一揖，道：『老前輩可就是千里追風，神行無影，許大俠！』我嚇了一跳，心裡不禁暗暗佩服，這個蕭無年紀雖輕，倒的確是個角。就憑這份心思，就不是普通人能夠企及的。」

伊風再次哼了一聲，目光轉到別的地方。

妙手許白哈哈一笑，又道：「我知道瞞他不過，就將事情原原本本告訴了他。他一聽那璇光寶儀可能就在萬天萍身上，面上不禁露出惋惜的神色來。我心裡暗想：『只怕你老早知道了，一定要乘那老猴子力弱的時候，搶了過來。』於是我就知道，這也不是好東西。」

伊風「哈」地一笑，拍了拍大腿，道：「老前輩的見識，果然超人一等！」

妙手許白抓了把火腿，放入口中，又自哈哈大笑著道：「老夫闖蕩江湖數十年，那廝雖然精靈，卻又怎精靈得過我！但當時我也不動聲色，反而連連誇獎著他，他也盡對我說些仰慕的話，又扶著我走下山，在路上設法找著隻活鹿，打死了，我趁熱將鹿血都喝了下去，精神才覺得略為好些。

「不過我有些奇怪：這姓蕭的怎會如此對我？

「後來他又告訴我，和姓萬的那隻老猴子，約在這西梁山上見面，說了半天，言下之意，卻是叫我幫他一齊弄死萬天萍。我心裡一寒，暗暗想道：『這個傢伙心腸真毒，心裡想弄死萬天萍，自己又不願下手，卻叫老夫來替他頂缸。』當時我這樣想，已經是往最壞的地方想了，哪知這小子卻還要壞上十倍！

「原來他知道我和那老猴子，一個強盜，一個小偷，這麼多年來，一定弄了不少錢，他也想分點賊贓。後來聽我說起璇光寶儀的好處，他又動了心，所以才這麼做，一面讓江湖中人都知道他是個大仁大義的君子，『南偷北盜』都是從他手上救出來的；一面讓我和那猴子拚個你死我活，他卻在旁邊撿現成的。就算事情不如理想，我和那老猴子總會感激他一輩子，將來他遇著什麼事，我們知道了也不會不管。」

伊風暗歎一聲，覺得人世之間的奸詐，有許多真不是自己能夠瞭解的。

又暗暗忖道：「那蕭無的確不愧為梟雄之才，行事之陰森狡詐，確非常人所能夠忖量得出的。唉！此人城府如此之深，將來要除去他，只怕不容易哩！」

許白一搖虬鬚，大笑又道：「只是這想得雖妙，老夫卻也不是呆子。老夫和他分了手後，就找了個地方，弄了個補血補氣的東西來，大吃大喝十幾天。等到氣力恢復了，就跑到這西梁山來。卻看到萬天萍那老猴子，呆呆地坐在這個山洞的前面，他旁邊還有個女孩子，不住地央求他將堵在洞口的大石搬開。

「我一見這老猴子之面，就覺得氣往上撞，本來想等到那姓蕭的小子也來了，弄得他們先打一架的計畫，也拋到九霄雲外了。」

他鬚髮皆張，一瞬之間，但覺他豪氣遄飛。

伊風暗忖：「這妙手許白雖然也狡詐得很，但卻是個性情中人，言辭舉止，仍不失為熱血漢子，倒要比那些『偽君子』要強得多了。」

須知人世之間，「真小人」若多於「偽君子」的話，那麼世間就要太平多了。

哪知妙手許白突地長歎一聲，豪氣頓發，長歎著又道：「老夫一生行事，就是吃盡這『不能忍』的虧，小娃娃！你年紀尚輕，正是如日方中，定要在這『忍』字上，多下些功夫，方能成得大器，這不是老夫以老賣老，卻是由衷之言。」

伊風唯唯受教，心下不覺對這豪邁的老人，起了好感。

卻見這妙手許白「啪」地一拍石桌，震得石桌上的書冊雞骨，都直跳起來。

他順手又接過一塊雞脯，接著又道：「老夫盛怒之下，就跳了出去，指著萬天萍欲大罵，哪知那老猴子一見我的面，嚇得臉都白了，一言不發，掉頭就跑。

「本來站在他旁邊的女子，吃了一驚，連聲叫著『爹爹』，也跟著掠去。

「我心裡轉了幾轉，見那老猴子施展輕功之間，功力彷彿又比以前精進了些，縱然我能追上他，也未必是他的敵手，何況我又在奇怪，他為什麼要守在洞口，是以我就設法弄開了堵在門口的大石塊……」

他微頓一下，又道：「那可真費了我不少工夫，還找到根鐵棍才把它弄開，也真難為那老猴子，怎麼把它搬來的，這種臂力，可真驚人得很！」

這妙手許白娓娓言來，將伊風心中一些未解之謎，都如抽絲剝繭般，說了出來。

那薛若璧更是聽得心中激動不已，緊緊握著她孩子的小手，卻連動彈都沒有動彈一下。

壁間燈火的光影，突地一搖，這盞銅燈儲油雖多，但點了這麼些天，卻已將近油竭燈枯了。

第七十章　情怨纏結

哪知——就在燈光飄搖之間，洞外突地飛也似的，掠進一個人來。

妙手許白，雙目一張，面色微變。

卻見掠進洞來的，竟是那鐵面孤行客萬天萍的女兒。

這少女此刻雖仍是一身翠裳，但雲鬢蓬亂，玉容憔悴，衣衫也凌亂得很。掠進洞裡，秋波四轉，一眼望到妙手許白，面色微微變了一下。又在薛若璧面上狠狠盯了幾眼，「嚶嚀」一聲，掠到伊風身側，微張櫻口，卻又訥訥地說不出話來。

這個洞窟之中，除了伊風之外，居然還有別的人在，這顯然大大出乎她的意料之外。而且這洞窟之中居然有床有几，更是令人驚愕！只是在驚愕之中，她卻又有些欣喜，因為她的意中之人伊風，此刻神采奕奕，完全不是她想像中衰弱憔悴的樣子。

妙手許白大步邁前一步，厲聲叱道：「小姑娘！你的爹爹呢？」

萬虹秋波一橫，像是根本沒有聽到他的話，轉向伊風，悄語道：「這些天來，你可還好嗎？」

妙手許白，雙目電張。伊風連忙長身站起，哈哈一笑，朗聲道：「有什麼話，不妨出去再說，我在這裡困了十多天，實在有些膩了！」

轉過身子，冷冷地望著薛若璧，叱道：「至於你出不出去，我是悉聽尊意，不過……」

他語聲微頓，雙手疾伸，去搶薛若璧身側的孩子，一面道：「這孩子可得交給我。」

薛若璧嬌喝一聲：「你想幹什麼？」雙手護住孩子，左腿驀地踢出。

伊風微一擰腰，右掌下切，左掌仍原式去搶那孩子。哪知薛若璧左腿微縮，右腿已電也似的踢了出來，她雖然大腹便便，但這連環兩腿，仍然是疾如飄風，一點也沒有不靈便的樣子。

伊風此刻的武功，雖已大異於往昔，但此刻卻不得不撤步擰身，先求自保。

須知他意在搶得自己的孩子，並不想傷及薛若璧，是以出手便有許多顧忌，許多精妙而狠辣的招式，根本用不出來。

他身形方自溜開，腳步一錯，卻又掠了上去。

妙手許白濃眉一軒，嗖地擋到伊風身前，突地哈哈大笑了起來，說道：「老夫雖然一世獨身。卻最恨別人夫妻吵架。喂！我說小娃娃，你和你老婆吵些什麼？說給老夫聽聽看，讓老夫來評評理。」

萬虹「呀」的一聲，往後退了幾步，粉面立刻變得煞白，呆呆地望著伊風，卻見伊風亦是滿面怒色，雙目怒張，厲叱道：「誰認得她這賤人！許老前輩……」

妙手許白「咦」了一聲，轉身向薛若璧道：「這孩子是你什麼人？」

薛若璧挺身從床上坐了起來，嬌喝道：「這孩子是我的兒子。」伸出一隻春蔥玉手，指著伊風：「你說！你說！他是不是我的孩子！」又道：

「老前輩！你可得為我這苦命的女子，主持公道，我……」

她竟又掩面痛哭起來。

伊風雙目火赤，氣得連聲音都變了，頓足道：「你這賤人……我孩子可沒有你這種母親！許老前輩，你不知道，這女子把『七出』之條，都犯盡了，我……」

此時此刻，他又怎能將事實的真相說出來？

但妙手許白是何等人物，察言辨色，也已猜出個究竟，目光數轉，也不知道該怎麼好。

哪知萬虹突地「咯咯」一笑，婀娜走了過來，嬌聲道：「這位敢情就是什麼天爭教主的夫人吧？怪不得我和爹爹前幾天守在外面的時候，有好幾撥穿著五顏六色衣服的漢子們，跑到這裡來，說是要找『教主夫人』，又說他們都是天爭教下的弟子。我爹爹不讓他們進來，全給打回去了。」

她秋波轉向伊風，嬌笑道：「我說你呀！你這人真是……要人家的孩子幹什麼？你要孩……」

她「噗哧」一笑，粉面微紅，說不下去了。

伊風劍眉怒軒，後面這幾句話，他根本沒有聽見，卻問道：「那些人叫什麼名字？」

萬虹嬌聲一笑，道：「名字我可記不得了，不過一個個直眉愣眼的，卻全不像是好人。其中一個使的兵器最怪，竟是一面漁網，武功也數他最好，爹爹費了半天事，才將他打發回去；其餘的人武功卻都平常得很。」

伊風冷冷一哼，道：「教主夫人！你們教主已經派人來接你了，你還不快點滾回去，不過……你要是不把孩子留下來，你就休想……」

哪知他話猶未了，薛若璧突從床上躥起來，揚手一片金光，襲向伊風，自己一手抱著孩子，卻借著妙手許白和萬虹的身形掩護，「嗖」地掠了出去。

伊風既驚且怒，袍袖一展，將薛若璧揚手發出的「羅剎金針」，呼地揮了開去，但自己卻也不禁驚得一身冷汗。

原來這「羅剎金針」，正是薛若璧雲英未嫁，行走江湖時，仗以成名的暗器。

這暗針細若牛毛，卻是根根有毒，只要中上一針，肌膚便立時潰爛，縱不傷命，卻也差不多了，端的霸道已極！

伊風和薛若璧夫妻數年，當然深知這種暗器的厲害，袍袖外揮，身形後退，擋過這陣針雨。卻見薛若璧已抱著孩子，掠出洞去。

他大喝一聲，一個箭步，掠到洞口，哪知外面又是一蓬針雨，撲面向他襲來。

他方欲後退，身側突地一陣勁風掠過，那蓬針雨，竟都被揮落一邊，耳畔聽得妙手許白的聲音道：「追出去！」

眼前人影一花，妙手許白的身形，已如輕煙般逸出。

伊風再不遲疑，跟著掠入隧道，只見前面暗影之中，妙手許白的衣袂飄飄，已經掠出數丈開外。

他不禁心中暗歎：「這妙手許白，人稱『千里追風，神行無影』，如今一見，輕功果是妙絕人寰。」

轉念又忖道：「不知道那劍先生和三心神君的輕功，可有他如此高妙……」

他思潮轉及此處，不禁又想起那三湘大俠的未亡人母女兩人，卻不知她們現在到哪裡去了。

他心中轉念間，卻聽得那萬虹在後面叫著：「等我一等。」回頭望處，卻見這少女輕功亦自不凡，此刻也已追了上來，而自己心中這一生岔念，腳下微慢，卻將前面的人給追丟了。

他腳下加把勁，身形靈活而曼妙地，在這狹窄的隧道裡飛掠著，「嗖嗖」三兩個起落，他已到出口之處，卻見洞口竟然被大石堵死了。妙手許白，一手拿著個火摺子，正一手在推那巨石。

薛若璧手中抱著孩子，畏縮地站在角落裡，那孩子連日喝酒，此刻竟像還是宿醉未醒，滾動著大眼睛，望來望去，竟未哭出來，但一張肥胖的臉，卻已瘦削了許多。

伊風心中一陣憐惜，一眼望到薛若璧，只見這武林中的第一美人，此刻也憔悴不少，明媚的秋波中，不時露出恐懼焦急的神色來，他不禁又為之暗中長歎。

「但這是她咎由自取，又怪得誰？」但他立刻壓下這份憐憫的感覺，如此告訴自己。

大步走過去，走到妙手許白身側，沉聲問道：「許老前輩！這又是誰幹的事？」

妙手許白冷哼一聲，目光四轉，將手中的火摺子，交給已經隨後趕來的萬虹，一面道：「除了那老猴子還有誰，氣起來我真想大家就全在這裡面耗著，看看最先餓死的是誰？」

伊風看了萬虹一眼，道：「你爹不知道你進來吧？」

萬虹搖了搖頭，妙手許白已喝道：「來！小娃娃！幫我把這塊石塊弄開。哼！萬天萍呀萬天萍！你也未免太小覷於我了，難道這區區一塊石頭，就能把我困死？」

第七一章 劍氣沖宵

許白突地坐馬沉腰，疾推雙掌，妙手許白口中悶哼一聲，滿發真力，朝這塊大石推了過去。

伊風雙臂，早亦滿蓄真氣，此刻再不遲疑，亦自舉掌推出。這兩人是何等功力，轉眼之間，大石就被推開一線。

外面卻傳入一陣陣叱吒的聲音來，像是有人打鬥正劇的樣子。

伊風和許白互視一眼，口中同時暴喝一聲，四掌疾推，只聽轟然一聲，那塊重逾千斤的巨石，竟被他兩人推得直滾了出去。

須知這妙手許白，昔年名震天下，雖以輕功見長，但真力之強，當世之中，卻也很少有人能與之頡頏的。

伊風年紀雖輕，卻本已可算武林高手，自從督任兩脈，被武林絕代奇人劍先生打通後，他真力之猛進，何止倍蓰，何況這十幾天裡，他又習得《天星秘笈》裡的無上心法。

是以這兩人齊一用力，力道之強，自可想見。

若是換了別人，只怕推上十年，也未必能將這塊巨石移動分毫。

巨石一開，天光立刻射入，妙手許白回顧一笑，道：「想不到你這娃娃功夫倒不錯。」

伊風微笑道：「老前輩誇獎……」

話猶未落，卻見那薛若璧已掠了出去，他大喝一聲，腳尖頓點，嗖地，像箭也似的躥了出去，卻見薛若璧已將繞過巨石，他立刻大擰身，雙臂分飛，如影隨形地撲了過去，一把抓住她的臂膀，厲喝道：「把孩子給我！」

哪知眼前突地光華錯落，四口帶著寒光的長劍，劍尖正對著自己，仍在不住顫抖著，一個森冷的口音道：「朋友！你這是幹什麼？」

他駭然四顧，只見這片山地上，竟站著十餘個手持長劍的漢子，而此刻這冷然向自己發話的，竟就是那多手真人謝雨仙。

須知他在終南山上，曾見過這謝雨仙一面，只是那時他已經易容，是以他認得謝雨仙，謝雨仙卻不認得他。

他心中微怔之間，那謝雨仙已厲叱道：「還不放手？」

唰地一劍，向他刷來。另外三人，正是武林一流劍手，也曾隨他同上終南山的山東大豪「嶗山三劍」，此刻各自劃動劍身，同時向伊風刺了過去。

刹那之間，四道寒光，交剪而至，伊風冷哼一聲，撒手、擰身、錯步，身形倏然滑開五尺。目光動處，只見妙手許白正和那鐵面孤行客相對而立，萬虹緊緊站在她父親身側，另外幾個勁裝漢子，各持長劍，圍在一周，目光俱都冷冷地瞪在萬天萍身上，顯然方才曾經巨鬥。

伊風這一展動身形，那種驚人的速度，他自己雖未感覺到，卻使得多手真人暗吃一驚，劍尖斜挑，收住劍式，翻身向薛若璧躬身施了一禮，和嶗山三劍打了個眼色，一個箭步，卻躥到站在山地邊一株枯樹下的兩個長衫漢子身側，低低說了兩句話。

伊風心中一動，目光隨著他的身形望去，卻見那邊樹下，站著的兩人，其中一個面上微微含著冷笑，兩目上翻，一手撚著腰間的絲帶，不住把玩著，卻竟是那來自青海的狂傲少年錢翊。另一個雖不認得，但一眼望去，氣度亦自不凡，顯見絕非庸手。

他目光轉動處，就立刻判斷出此刻的情勢，於自己大大不利，自己今日若想從薛若璧手上奪回自己的孩子，也絕非易事。

他緩緩走到妙手許白身側，只見這「南偷北盜」兩人，此刻四隻眼睛，各各相對凝視，萬天萍突地冷冷道：「姓許的！想不到你還沒死。這裡也不是你我談話之處，你若有興，我們不妨另外找個地方談談。」

妙手許白仰天一笑，大聲道：「再好沒有，這裡你比我熟，你就在前面引路吧！」

這兩人一走，伊風更是勢孤，他心中一急，不禁脫口道：「許老前輩……」

萬天萍冷哼一聲道：「我們的賬還沒有算完，你現在少說話！」

身形一轉，正待大步離去，哪知身後突又響起一陣長笑，伊風閉目望去，只見那錢翊一手撚著絲帶，長笑著緩步而來，走到萬天萍和伊風中間，卓然一站，兩眼朝天上翻了翻，笑聲頓住，冷然道：「各位先請暫留貴步，小可還有話請教各位。」

妙手許白濃眉一軒，目光電張。那萬天萍面上卻仍然全無表情，接口問道：「什麼話？」

錢翊冷然一笑，將右手的絲帶，換到左手，沉聲說道：「閣下方才以一雙鐵掌，力敵六劍，武功可算不弱，想必是位武林前輩。只是在下卻要請教，這山窟既非閣下所建，亦非閣下所買，閣下卻為何要三番四次地阻攔我們弟兄進去，難道閣下在裡面做了什麼見不得人的勾當，不想讓別人知道嗎？」

他滔滔而言，說完了就轉過身子，根本不等萬天萍回答，冷然又道：「還有……這個朋友。」

他用手上的絲帶，指了指伊風：「閣下儀表堂堂，武功亦是卓卓不凡，只是在下也有請教，閣下與我那蕭大嫂，是否沾親？有無帶故……」

他面色突地一沉，又道：「如果非親非故，閣下難道不知『男女授受不親』，卻拉人家女子臂膀作甚？」

他又指了指那處洞窟，道：「這洞窟中，幽深黝黑，你們幾人，在裡面是在做個什麼勾當？還要用石頭將洞口封起來，弄個老頭子在外面看門……哈……」

他狂笑一聲，放下手中的絲帶。

「這都教在下弄不懂了。」

萬天萍面如青鐵，妙手許白鬚髮皆張，萬虹圓睜杏眼，伊風劍眉怒軒，這四人各各怒叱一聲，方待答話。哪知那薛若璧竟一陣風似的掠了過來，明眸之內淚光閃動，竟哽咽著道：「二弟！你……你怎地現在才來，你師哥呢？他又跑到哪裡去了？」

錢翊冷哼一聲，目中神光閃動，緩緩道：「師兄不在這裡，有小弟在還不是一樣？有人欺負嫂子，小弟雖不才，也要盡力和他周旋一下。」

妙手許白，一捋虯鬚，暴喝道：「你這小子！說話可得放清楚些！你若在老夫面前胡言亂語……」

錢翊冷然接口道：「又當怎的？」

話聲猶自未落，漫天的掌影，已當頭壓下，招式奇詭飄忽，生像是自己的前後左右，竟同時在人家的掌風籠罩之下，又像是有好幾個武林高手，同時出掌襲向自己。

薛若壁懷中的孩子，哇地哭了，伊風劍眉軒處，箭步躥了上去，左手微揮，一領薛若壁的眼神，右手疾出如風，仍是去搶孩子。

銷魂夫人嬌呼一聲，腳下飛快地退出三步，伊風厲叱撲上，但是眼前卻又劍光暴漲，唰唰幾劍，帶著青藍的劍光，剁向自己，正是那「嶗山三劍」擊出的。

那邊錢翊突地長嘯一聲，頎長的身形，如風中之柳，搖曳轉折，毫無定向，一眼望去，竟像是他已站不住身子似的，但妙手許白的漫天掌影，卻在他這種奇妙的身形下，全部落空。

這一來兩人各各大吃一驚，錢翊固然想不到，自己的對手是如此厲害的角色；那妙手許白卻更想不到，自己盛怒之下，擊出在無量山巔苦心研成的一掌，竟被這年齡並不甚大的少年避了開去。

兩人身法稍稍一頓，各又錯步進擊，霎眼之間，只見掌風虎虎，已分不出這兩人的身影來。

萬天萍四顧一眼，低叱道：「虹兒！你先回去。」猛一反身，撲向環伺身後的幾個劍手，舉手投足間，已對這幾人各各擊出一掌。

萬虹秋波流轉，腳下緩緩移動著腳步，突地躥到薛若璧身側，纖掌齊地揮出，左手玉指並起如劍，疾地點向薛若璧右腰下的「笑腰」穴，右手劃個半圈，唰地一掌，切向她的左胸。

薛若璧再也想不到這少女會突然向自己出手，大驚之下，左掌疾起迎敵，哪知懷中一鬆，右手抱著的孩子，卻被萬虹一把搶了過去。

這一切變化，幾乎在同一剎那中發生，遠遠站在樹下的多手真人謝雨仙和七海漁子韋傲物，只聽得薛若璧驚呼一聲，一條翠綠色的人影，電也似的掠了開去，嗖嗖幾個起落，已自消失在路旁的林木中，而已身懷六甲的薛若璧，也嬌呼著追了過去。

七海漁子冷笑一聲，道：「謝兄難道也受了傷嗎？」

他肩胛之處，日前中了萬天萍一掌，幾乎骨頭都被打碎，是以遠遠站開，此刻冷冷一問，言下之意，自然是「你並沒有受傷，卻為何和我站在一起，以致出了變故，都來不及出手」。

那多手真人豈有聽不出他話中含意的道理，冷笑一聲，亦自展動身形追了過去。

韋傲物望著他的背影，喃喃低語道：「這孩子被人搶走也好，留下這娃，遲早總是個禍胎。」

原來這七海漁子韋傲物和蕭無最是接近，是以這些私事，他全知道。

俯首沉吟了半晌，抬起頭來，只見眼前人影翻飛，劍光錯落，打得自激烈無比，並未因這一突來的變故住手。

於是他伸出左手，微微撫了撫右肩的傷處，緩步走向激鬥著的人群，像是要將他們的動手情形，看得更清楚些。

此刻山風強勁，日已西隱，天色越來越暗。這西梁山畔，沖霄的劍氣，光華卻越來越盛，給這料峭的春日薄暮，更加添了幾分寒意。

第七二章　各逞身手

這漫天的劍氣掌影，遠看雖是一團，甚至連人影都分辨不出，仔細一看，卻是分作三處。

鐵面孤行客以一敵五，只見這縱橫河朔的巨盜，身手果自驚人，掌風虎虎，裂石開山，在五柄精鋼長劍織成的劍網中，自攻多守少。只是和他對敵的，卻也不是庸手，而且最厲害的是：這五人劍法配合之嚴密，生像是渾如一體。

萬天萍暗暗皺眉，他料不到這幾個天爭教眾，竟有如此身手！

他卻不知道，這幾個人在江湖上亦是大有盛名，此刻他們心裡的急躁，更在他之上哩。

原來這五人，其中三個身體較矮，腰間各自佩著一個革囊，劍法以雄渾見長的，竟是武林中聲名赫赫的劍手「燕山三劍」。

這兄弟三人縱橫江南，行走時從不落單，動手時亦是三劍齊上，出道江湖以來，從未碰過什麼釘子。此刻以三敵一，還有「南宮雙劍」相助，竟仍久戰不下，不禁心中都在暗暗揣測，和自己動手的這瘦老頭子，究竟是何人物。

另兩個身材頎長瘦削，面目長得幾乎完全一樣的，卻正是昔年南宮大俠的唯一傳人，江南「三才劍」的名家「南宮雙劍」。

「三才劍」以輕靈見長，這南宮雙劍，身法之輕靈，更是此中翹楚。只見這兩人身隨劍走，劍隨身遊，身不離劍，劍不離身，兩道青藍的劍光，盤旋揮刺，著著不離萬天萍的要害。這鐵面孤行客武功雖已幾達巔峰，一時之間，卻也無法占得上風。

七海漁子暗中點頭，忖道：「這南宮雙李，果然名下無虛，幾時倒要設法拉攏過來，這些人若和那謝雨仙結成死黨，將來確有些不好對付。」

原來這韋傲物與謝雨仙之間的嫌隙，已越來越深，是以才轉著這種念頭。

一面將目光移到那來自青海的少年錢翊身上去，他稍一凝視，雙眉不覺緊緊皺到一處。

因為他深知這錢翊的武功，原以為他一定可以占得上風，哪知此刻一看，卻見那身穿錦衣的粗豪漢子的身法，有如狂飆龍捲，竟將錢翊四面八方地困住了。

錢翊心中，又何嘗沒有如此想法。他在青海那種奇寒酷熱之地，耽了十數年，將那「無名老人」的一身絕技，幾乎學得九成，此番挾技出山，自以為憑恃著自己的身手，何難在武林中壓倒群豪，哪知此刻這粗豪的老者，身法之飄忽奇詭，竟使得自己處處縛手縛腳，幾乎連身手都施展不開。

兩人以快打快，瞬息之間，已折了百餘招，心中亦是急躁不堪。

須知他們動手之前，俱各不知道對方的來歷，是以不免都低估了對手。此刻一見對方的身手，遠出於自己意料之外，自然難免俱都為之驚奇錯愕。

第七三章 夫人有難

謝雨仙如飛掠來的身形，倏然停在韋傲物身側，重重喘了兩口氣，轉目四望，只見眼前光華閃動，叮噹之聲，不絕於耳。

在漫天交互衝擊的鋼丸之下，鐵面孤行客身形旋轉如風，雙手袍袖連拂，猛然強勁的掌風，雖將擊向他的「常氏神丸」都一一揮落。

但是這種傲視群倫的暗器，的確有著非同凡響的霸道，退而後來，去而後回，明明向右，突地一轉向左，明明向上，突地一轉向下，竟沒有一絲停歇的時候。

鐵面孤行客武功雖高，掌力雖強，此刻卻也不禁顯得有些慌亂，只是一時半刻間，卻也不致落敗而已。

赤手與魯東「霹靂劍派」長門弟子「嶗山三劍」相鬥的伊風，此刻招式愈打愈見精妙，竟將這成名已久的「嶗山三劍」，逼得不得不使出全力斡旋，於是這三道有如霹靂雷霆的劍光，此刻聲勢便更驚人！

來自青海的錢翊，心懷驚疑錯愕，與垂名武林數十年的「千里追風，神行無影」妙手許白的惡鬥，此刻卻已到了勝負立判的階段，兩人飄忽的身法，詭異的招式，使得彼此各各感到不能有一絲鬆懈，這種以動制動，以快打快的動手方式，在武林高手身上本不常見，因為彼此之間，誰都知道，自己的招式只要稍有疏忽，立時便會有血肉橫飛之禍，這兩人雖無不共戴天、性命相搏之仇，但此刻大家全已勢成騎虎，要想罷手，卻已來不及了。

多手真人謝雨仙目光掃動間，微一定神，忽地附在韋傲物的耳邊，低低說了兩句話，韋傲物面色立時為之一變，脫口問道：「真的？」

謝雨仙低笑一聲，點了點頭，沉聲道：「此事萬萬不可遲疑，韋兄定要快些趕去才是，唉……小弟雖然……唉，可是遇著這種事，小弟卻的確是一籌莫展了！」

他一連長歎了兩聲，七海漁子韋傲物亦是滿面沉思難決之色，俯首沉吟長久，突地大喝一聲：「住手！」

這石破天驚、聲如雷霆的「住手」兩字，方一出口，眾人齊都為之一驚。

本已遠遠退到一旁的「南宮雙劍」李氏兄弟，愕然面顧，齊地一個箭步，縱身至韋傲物身前，探首沉聲問道：「有何吩咐？」

「嶗山三劍」動手之間，只見對手招式愈來愈妙，威力愈來愈強，三人心中不禁又是驚異，又是奇怪，他三人本就不願為天爭教賣命，此刻聽見這一聲呼喝，左手劍訣，齊地一揚，右手長劍，由左而右，「呼」地劃了個半圈，這三人竟同時施出一招與「太極劍法」中的妙招「如封似閉」功效相同，出手相似，但威力猶有過之的「長虹貫日」來。

三道劍光，果然有如長虹貫日一般，交剪而來，「嶗山三劍」口中便也齊地低叱一聲，擰腰錯步，後退五尺。

伊風先前何嘗不知這三人手下有容情之處，此刻微一錯愕，便也不為己甚，只見這二個魯東劍手，擰腰錯步間，掠到七海漁子身側，亦探首沉聲問道：「有何吩咐！」

燕山三劍，雖然是昔年一代劍豪常漫天的遠房親屬，但學得這武林秘技「常氏神丸」，卻是另有機緣，三人乃是姑表兄弟，自幼生長一處，習武時片刻不離，這亦是他們能習得「常氏神丸」的一個主要原因。

此刻，這七海漁子一聲暴喝，使得燕山三劍亦為之一愕，左腕一反，將手中長劍隱到肘後，不住往腰畔革囊中取發暗器的右手，倏然停住，轉身掠到七海漁子身側，沉聲問道：「有何吩咐？」

這南宮雙李、嶗山三劍、燕山三劍卻幾乎是同時住手撤身，退到韋傲物身側，問道：「有何吩咐？」

七海漁子雙眉深皺，歎息一聲，緩緩搖了搖頭，多手真人卻已沉聲道：「教主夫人有難，就在那邊山林深處。」

南宮雙李、嶗山三劍、燕山三劍齊地一驚，面容大變！

七海漁子乾咳一聲，道：「此間之事，可暫擱置，你們……你們還是一齊去看看吧……」

轉首向謝雨仙一笑，又道：「多勞謝兄了。」

謝雨仙雙眉一皺，道：「韋兄，難道你不去嗎？」

韋傲物苦笑一聲，道：「我對此事一無所知，去了亦是無用，謝兄嘿嘿，謝兄想必要比小弟熟悉多了！」

謝雨仙目光一凜，瞬也不瞬地盯在他臉上，終於狠狠一跺腳，道：「跟我來。」展動身形，向山林處掠去。

南宮雙李、嶗山三劍、燕山三劍見了這七海漁子與多手真人兩人的神態，心中俱是大惑不解。

他們再也想不到，教主夫人有難，怎地這七海漁子卻畏縮不前，而且苦笑連連，像是遇著什麼十分尷尬之事似的。

方才險為「常氏神丸」所困的鐵面孤行客萬天萍，「呼呼」數聲，掌風連揚，將四下的鋼丸全都揮去，微一定神，見到這些天爭教眾，竟突地走得乾乾淨淨，心中不禁大奇，轉身和伊風對望了一眼，伊風面上，亦滿是驚奇之色，兩人心中各在暗問自己：「這些人可是在弄什麼玄虛！」

驀地——只聽妙手許白焦雷般大喝一聲：「躺下！」

接著便是驚天動地般幾聲巨響，便又響起錢翊那陰森尖細的聲音，冷笑著道：「只怕未必見得！」

萬天萍、伊風又不禁一齊轉身望去，只見那錢翊、許白兩人，此刻身形已齊地頓住，面面相對，互相凝視，許白腰身微躬，一雙虎目之中，精光暴射，閃電般凝視著錢翊，兩隻筋結陰現、蒲扇般的巨掌，或拳或掌，緩緩伸屈，在這一伸一屈間，不時發出「咯咯」的骨節聲響，生像恨不得立時將對面這少年，一下擊死在自己掌下。

站在他對面的錢翊，仍是滿面冷傲之色，傲然卓立，但是目光之中，卻似乎已微微露出一些畏怯之意，亦狠狠地凝注著他的敵手，兩邊垂下的手掌，雖不時發出一陣陣不加注意便難看出的輕微顫抖，但是他卓立著的身軀，卻仍然是堅定得有如山嶽。

這兩人目光相對，誰也不再說話，誰也沒有退縮半步，方才他們對了兩掌，妙手許白雖想以浸淫數十年的內力修為，擊倒這看來年紀尚輕，縱然武功高妙，但內力定不會深的少年。哪知錢翊十數年的苦練，居然以「無名老人」嫡傳的內功心法，將之擋卻，這不但大大出乎許白意料之外，就連一旁觀望的萬天萍，亦為之暗中皺眉自問：「這少年是誰，怎地有如此武功？」

第七四章　不死不休

七海漁子韋傲物皺著雙眉，凝視多手真人以及燕山三劍等人的身形，逐漸消失在蒼莽的山林深處，此刻亦為妙手許白的這一聲暴喝所驚，回過頭來，目光四掃，突地大步走了過來，鐵面孤行客冷哼一聲，冰冷的目光，筆直地瞪在他的面上，他卻毫不在意地向萬天萍一揖雙手，朗聲說道：「敝教與閣下原來素無仇怨，於今雖因教主夫人之故，以致生出許多事端，但此刻敝教中又生出非常之變，在下等只有暫且告辭，日後是友是敵，也只有任憑閣下自擇了。」

他一面說著話，一面已悄悄移至錢翊身側，話聲一了，突地伸頭過去，在錢翊耳邊低語兩句，哪知錢翊的一雙眼睛，卻仍瞬也不瞬地望在妙手許白的身上，生像是根本沒有聽見他的話似的。

此刻在場眾人，各有恩怨纏結，情況之複雜微妙，絕非局外人能夠瞭解，但其中卻只有伊風與天爭教仇怨最深，此刻他冷眼看著七海漁子的舉動，再轉向萬天萍冷峻的面容，一時之間，卻也不知該如何是好。

突地妙手許白又是一聲暴喝，腳步微錯間，身形展動如虎豹，左指箕張如鷹爪，左手一順，手掌一反，停留在錢翊右側的空間，右手卻「呼」地一掌，擊向錢翊左胸的「期門」大穴。

這一招看來平平無奇，卻正是妙手許白與鐵面孤行客萬天萍在無量山巔十載較技，苦心研創的一記絕招。

錢翊方才與妙手許白的硬對兩掌，外表看來，雖無變化，其實體內的真氣，卻已稍有潰散之象，此刻許白一招攻來，他來不及運用思忖，方待甩左肩、屈右膝，劈開這一掌。

哪知萬天萍卻突地冷笑一聲，喝道：「左掌赤手擒龍，右掌鳳凰展翅，進右足，踏中宮。」

他話聲說得極快，幾乎有如珠落玉盤，錢翊心念動處，口中吐氣開聲，左掌一屈一伸，屈伸之間，果然擊出一招「赤手擒龍」，但右掌卻未有舉動，原來萬天萍所說的話，他只聽清楚了前面一句。

萬天萍雙眉微皺，低叱道：「蠢材！」

七海漁子韋傲物後退三步，見到錢翊果然施出一招「赤手擒龍」，心中大驚，要知道以武學常規而言，對抗妙手許白這一招，只要甩左肩、曲左膝，然後右掌進擊才是正理，他不禁暗怪錢翊，怎地聽從起自己敵手的朋友的話來。

這其中只有伊風知道妙手許白與鐵面孤行客萬天萍之間的仇怨，也知道他們在無量山巔苦鬥十年的經過。

是以他也知道萬天萍口中說出的招式，必定是專破妙手許白施出的這一招妙招。

只見妙手許白悶哼一聲，果然收掌旋身，撤回進擊之勢，這時錢翊如果完全依照萬天萍所說的招式，「進右足，踏中宮」，便必定能在這一場爭鬥中搶得先機。

七海漁子大感驚異地側顧萬天萍一眼，只見這冷峻瘦削的老人又冷冷說道：「左手『鳳凰展翅』，右手『赤手擒龍』，進左足，踏中宮。」

錢翊暗中一咬牙，左掌斜揮，右掌屈伸，果然是右手擒龍，左掌展翅，妙手許白濃眉怒軒，目光精光暴射，大喝一聲，猛旋身軀，彪偉的身形，突地撲向萬天萍。

這陡然發生之變，使得韋傲物，錢翊齊地一愕，卻見許白已自厲喝道：「姓萬的，還我的血來！」

喝聲淒厲尖銳，世間幾乎沒有任何一種語言文字能夠形容這種聲音，也沒有任何一種聲音，可與這種聲音比擬。

只聽得伊風、錢翊、韋傲物，卻不由自主地激靈靈打了個寒噤，一時之間，伊風腦海之中，似又泛起無量山巔，那天星秘窟中淒慘陰森的景象，一個滿身血跡，面目猙獰的枯瘦老人，正伏在另一個滿身血跡的老人身上狂吮鮮血！

伊風素來膽氣甚豪，但此刻一捏掌心，滿掌俱是冷汗。

錢翊、韋傲物雖然對此事的真相絲毫不知，但聽了許白的這種厲喝之聲，亦不禁感到一陣寒意，自背脊升起。

只見妙手許白此刻身形有如瘋虎，揮手抬足間，俱是立可制人死命的絕招，這兩人動手之激烈，和方才與錢翊動手時又不知要濃烈多少，伊風深知他二人之間的不可化解的怨仇，知道若想將這兩人化解開來，真是難如登天。

韋傲物轉身望去，只見錢翊仍呆呆地望著這兩人的身形，心中暗歎一聲，又自伸頭過去，在他耳畔低語兩句。

此次錢翊面容方自為之一變，目光轉動半晌，突地朗聲道：「三年之後，錢翊再在此地恭候閣下的大駕。」

正自動著手的妙手許白大笑幾聲，道：「好，好，三年之後……」一旋身軀，倏然擊出四掌，這四掌攻去，不但有如雷轟電擊，聲威絕倫，而且出招部位，更是大大出乎常規之外。

錢翊暗歎一聲，忖道：「此人的武功，怎地如此奇妙？」眼一垂，回過頭去，向韋傲物沉聲道：「那邊的事，你們自去料理，我……我……」長歎一聲，倏然住嘴，猛一長身，拂袖而去。

七海漁子面容一變，愕然道：「錢大俠，你——」但他話聲尚未說出，錢翊頎長的身軀，已掠出數丈開外，霎眼之間，便已消失在山路深處。

他呆立了半晌，突地一旋身形，向方才謝雨仙掠去的山林奔去。

伊風心中一動，方待跟去，但轉目望處，許白、萬天萍兩人，此刻相搏之烈，竟比方才更形險惡，他知道自己若也一走，這兩人此番之鬥，便是不死不休，此刻誰也不知道是誰會傷在誰的掌下，甚至他二人會一齊死在此地亦未可知。

他與這兩人之間，雖無恩義可言，但他生具至性，卻也不忍就此一走。

此刻他心胸中，思潮衝擊，雖然明知以自己的武功根基，若對這兩人對手的招式加以琢磨，必定獲益匪淺，但他卻連看也未看一眼，俯首沉思半晌，突地大喝一聲：「萬虹，你怎麼樣了！」躍起身形，閃電般向那邊山林掠去。

鐵面孤行客雖然一生冷酷，但一聽「萬虹」兩字，心中亦不禁大動，一掌揮去妙手許白的掌式，大喝道：「虹兒，你怎的了？」身形後掠五尺，再也不理許白，跟蹤伊風而去。

世人一生之中，縱然無何動心，卻總有一件足以令他動心之事，伊風知道若想這兩人此刻之鬥暫時解開，便只有以一事打動他兩人其中任何一人之心，但這兩人卻又都是性情大異常人的武林異人，要想出一件足以令他們動心之事，實是大為困難，但想來想去，除了父女之情或可有用之外，簡直別無他法。

是以他雖未看到萬虹，卻那般大喝一聲，此刻回目望去，見到萬天萍果已隨後跟來！心中暗喜，腳步卻更加快了。

妙手許白微微一怔，暗哼一聲，冷笑低語道：「你走到天邊，我也不會放過你！」

當下他亦自展動身形，隨後掠去。

這二人俱有著一身足以驚世駭俗的武功，剎那之間，便都已掠入山林，林中樹葉微顫，鳥語啁啾，似是安靜已極。

但是——葉動鳥語之聲中，突地隱隱傳出一陣陣痛苦的呻吟之聲。

伊風心中一動，轉而向這呻吟聲傳出的方向掠去，萬天萍聽了這呻吟之聲，心中大為惶急，脫口喊道：「虹兒，是你麼，你怎麼了？」嗖然兩個起落，穿過濃密的樹幹，掠至伊風身側，又道：「那裡是虹兒麼，你怎的了？」

伊風微一搖頭，腳下不停，掠了過去，此處山林生密，地勢卻愈走愈低，前行十餘丈，林木掩映處，突地有人影晃動，定睛一看，卻原來是方才突然走了的燕山三劍等人。

鐵面孤行客此刻心亂如麻，提氣縱身，閃電般掠去，只見燕山三劍、嶗山三劍、南宮雙李以及謝雨仙、韋傲物等人，都呆立在一叢雜樹之前，而不斷的呻吟聲，便也是從那雜樹叢中傳出！

這些人見了萬天萍入林，卻只回頭望了一眼，隨即目注樹叢，滿面俱是焦急、惶亂之色，誰也沒有說話，萬天萍沉聲道：「裡面是誰？」

此刻他已聽出這呻吟聲不是他女兒的聲音，是以心中一定，卻見這些人各各對望一眼，還是沒有說話。

叢樹中的呻吟聲更見激烈，謝雨仙、韋傲物等人面上俱都現出緊張之色，各人面面相覷，誰都沒有向那樹叢中看上一眼，鐵面孤行客雖然久走江湖，江湖閱歷甚豐，但卻也從未見過這等大出常情之事，心中大感驚異：「在這裡面呻吟的人是誰呢？看來與這班天爭教徒都大有關係，但他們怎地都不進去幫助於她？難道這裡面有什麼能足以令他們畏懼的武林高手，在對這女子施以酷刑嗎？」

第七五章　瓜熟蒂落

此刻伊風也已掠了過來，腳步頓處，凝神一聽這雜樹叢中的呻吟之聲，面色突地大變！「嗖」地一個箭步，躥到樹叢旁邊，似乎突又想起什麼，倏然止住，倒退兩步，目光轉向嶗山三劍身上，嶗山三劍兄弟三人對望一眼，向伊風微一頷首，大家心裡便俱都有數，但卻仍都沒有說出口來。

突地——林梢樹木嘩的一聲，木葉紛飛處，落下一條人影，萬天萍側目一看，冷笑道：「你放心，我不會溜的。」

這人亦自冷笑一聲，道：「你溜也溜不掉！」

原來這人便是妙手許白，方才他起步較遲，是以身形落後，到了林中，萬天萍、伊風兩人俱已不知去向，他聽到這呻吟聲，便也追來，但林中樹木甚密，他心中不耐，是以便躍到林梢，施展他獨步天下的輕功絕技，自林梢掠來。

過了一會，呻吟之聲突止，但大家卻更都似緊張得透不出氣來。

妙手許白轉目四望，見到這些人的神色，亦是大感驚奇，口中低罵一句，道：「這是幹什麼？也不進去看看？」說完，竟大步向林中走去，多手真人、七海漁子、燕山三劍一齊橫身擋在他面前，妙手許白又大罵一聲，狠狠瞪了他們幾眼，方待再次喝問，卻見伊風身形一飄，掠到他身側，在他耳伴低語兩句。

妙手許白也呆了一呆，突地大笑道：「原來有人在裡面生孩子。」低聲向伊風問道：「就是你那娘們兒嗎？」

伊風此刻心中正是羞慚、惱怒交相紛至，聞言也不知道該怎麼回答，多手真人謝雨仙重重哼了一聲道：「要是有人對我們教主夫人不敬，那他不管是誰，都要倒楣了。」

妙手許白橫目一望，卻聽萬天萍冷冷道：「自己的事還未了，卻又管起人家的閒事來了，真是混帳。」

許白雙拳一握，緩緩走到萬天萍身前，兩人目光相對，又是劍拔弩張起來，七海漁子冷笑一聲，道：「在婦人生產之地瞪眼發威，哼，我真不知道這算是哪門子好漢！」

語聲未了，樹林中呻吟之聲又起，眾人心中雖是大為焦急，但誰也不便往裡再走一步，妙手許白胸膛起伏兩下，似乎在強忍著心胸中的怒火，然後對萬天萍冷哼一點，道：「你我之間，賬還未清，你站在這裡幹什麼？出去再幹一場。」

七海漁子冷笑道：「正是，正是，此地根本不關各位的事，各位還是出去的好。」

這幾人說話之聲，都極為低沉，因為誰也不願驚動裡面的產婦。

哪知——樹林深處，突地傳來一陣陣「咯咯」的笑聲，以及一陣陣嬌脆的喝罵聲。

接著，一條婀娜的人影，極快地由林外掠來，見著這麼多人，似乎為之一驚，停下腳步，望了兩眼，但隨即自顧調弄懷中所抱的一個嬰兒，再也不望眾人一眼，一面不住地嬌笑著。

但眾人一見這人影之面，卻都不禁暗中一驚，只見這人身形婀娜，體態曼妙，但卻髮髻鬆亂，身上穿著的衣服，更是破爛不堪，朝她臉上一望，眾人更不禁俱都自心中倒吸一口涼氣，這些人一生之中，所見所聞雖都極廣，但卻誰也沒有見過如此難看的面孔。

鐵面孤行客見了此人，面容亦不禁一變，後退兩步。

七海漁子韋傲物微一定神，沉聲道：「姑娘是誰？抱著敝派教主的孩子幹什麼？」

哪知這女子卻似根本沒有聽到他的話，伊風一見這女子之面，周身有如被雷電所擊，幾乎再也動彈不得，直到此刻方自定過神來，一個箭步躥過去，一把抓住她的肩膀，惶聲道：「南蘋，你怎的了？」

原來這髮髻鬆蓬，衣衫凌亂，面上傷痕累累，顯得極其醜怪的女子，便是昔日光可鑒人，衣衫修潔，美豔俏麗，高傲但卻多情的「瀟湘妃子」蕭南蘋。

此刻她呆呆望了伊風兩眼，目光中似乎閃過一絲混合著喜悅與悲哀的光彩，但瞬即又變得茫然一片，冷冷道：「你是誰？」左手抱緊嬰兒，右掌一揮，將伊風揮到老遠。

伊風呆了一呆，心中既是傷心，又覺慚愧，林外突又掠入一條女子人影，一面嬌喝道：「你這醜丫頭，搶我的孩子幹什麼？」

萬天萍目光一動，冷哼一聲，突地身形掠起如風，掠到後來這女子身側，一把抓住她的手腕，這女子驚呼一聲道：「爹爹！」

萬天萍怒喝道：「你這丫頭，難道你也瘋了嗎？」拉著萬虹的手腕掠了出去。

妙手許白亦自大喝一聲：「往哪裡去！」隨步搶出。

伊風呆呆地愣了半晌，突地長歎一聲道：「南蘋，你好好將息將息，手中的孩兒，還是讓我抱著吧！」

蕭南蘋失魂落魄似的轉過目光，突地「噗哧」一笑，大聲道：「你要我的孩子，我才不給你呢！」

多手真人謝雨仙、七海漁子韋傲物、燕山三劍、嶗山三劍、南宮雙李十對眼睛，一齊望向伊風，一會兒望向這有如瘋子一般的醜婦，心中亦各自大奇，哪知就在這剎那之間，雜樹叢中，突地傳出一陣洪亮的嬰兒啼聲。

眾人面色齊都一變，蕭南蘋卻又展顏一笑，歡喜地叫道：「還有一個孩子。」身形一晃，倏然掠入雜樹叢中，她身遭巨變，精神上受了莫大的刺激，是以精神變得有些恍惚。

日前她將那面菱花銅鏡往山石上一摔，便跑到深山裡，終日放聲痛哭，哭過了，便在深山中遊蕩，也不知要做什麼，面對著空山流水，她想到自己的似水年華，於是她瘋得更厲害了。

她終日隨意而行，這日突然遇著萬虹手裡抱著一個嬰兒狂奔，她精神雖然恍惚，卻還認得萬虹，當下便攔住萬虹的去路，萬虹大驚之下，微一疏神，手中的嬰兒便被她搶去。

要知道一個精神上受到極大刺激的人，她必定要尋找一個慰藉，而此刻蕭南蘋卻感到嬰兒是她最大的慰藉，是以她一聽到雜樹叢中的嬰兒哭聲，便立刻掠了進去，七海漁子眾人齊地大喝一聲，想阻住她的去路，卻已來不及了。

第七六章　香消玉殞

伊風望著蕭南蘋的背影，心中當然是百感交集，長歎著抬頭望去，只見這些天爭弟子俱都聚在樹叢之畔，卻還是沒有人敢再往前走一步。

只見樹叢之中傳出蕭南蘋的笑聲，道：「這孩子又白又胖，真可愛，真好玩——」

說話之時，聲音還在近側，說到後來，聲音卻已去到很遠，顯見是她連這孩子也抱走了，伊風不禁又是驚奇，又是疑惑，暗忖：「這些天爭教徒眼看他們教主的孩子被人搶走，卻也不前走一步，雖是避嫌，卻也不必避到如此地步呀！」

這念頭在他心中一閃而過，但他轉念又想到自己的孩子，此刻也已被半近瘋狂的蕭南蘋抱走，心中焦急萬狀，哪裡還有心思去想別的。

七海漁子面上肌肉微微一動，目光一閃，突地沉聲道：「夫人你還沒完事吧，弟子們都在外面伺候，夫人不要著急，等會夫人收拾好了，弟子們再進去照料。」

他沉聲說完話，便退到一株樹下，閉目養神，眾人一見，也都退到一旁，要知道七海漁子在天爭教中，地位極高，是以他默然如此，別人也不能再有舉動。

而此刻的伊風呢，心中卻不知是什麼滋味，他想追蹤蕭南蘋而去，但不知怎的，卻又無法舉步，亦自站在樹下，呆立了長久。

風穿入林，木葉搖曳生響，然而在這方林中間，眾人的呼吸之聲，卻彼此可聞。

樹叢之中呻吟之聲未止，又是一陣陣衣衫的窸窣之聲，想是薛若璧正在強忍著產後的痛苦，收拾著自己的衣衫。

就在這眾人心情都極為沉重之際，樹叢之中，突地傳出一聲慘呼。

的。

慘呼之聲一經入耳，眾人便立刻可以辨出，是銷魂夫人薛若璧發出接著這一聲慘呼的，是薛若璧微弱的語聲，斷繼說道：「你……你饒了我吧……我不敢……」語聲倏頓，又是一聲慘呼。

眾人俱都面容大變，伊風再也忍不住，「呼」地一掌，劈開枝葉，掠了進去，燕山三劍、多手真人，也一齊跟入。

只見這一叢雜樹之中，有一塊五尺見方隙地，地上血污狼藉，薛若璧蜷曲地上，而一條淡青人影，亦方自從林梢掠走。

這人影身形之快，無與倫比，伊風目光方動，他已消失無影。

燕山三劍、多手真人一齊掠到薛若璧身前，俯身一看，不由齊地面目變色，驚呼一聲，腳步踉蹌，退後三步。

伊風雖驚異於這條人影的來歷去路，但聽得這數聲驚呼，亦自回過頭來，目光動處，亦不禁為之面色大變，驚呼一聲，退後三步！

原來，伏在血污狼藉的泥地上的銷魂夫人薛若璧，此刻竟是雙目緊閉，面如金紙，毫無生息，在她那微微隆起的豐滿的胸膛上，竟赫然插著一柄金色彎刀。

黃金的刀柄，金黃的刀穗，在微風中搖曳著，鮮紅的血跡，自刀柄下緩緩溢出。

嶗山三劍、南宮雙劍、七海漁子也掠了進來，一齊驚呼一聲！

但他們的驚呼之聲卻是極為短促的，當他們的目光接觸到這黃金刀柄之際，他們面上的驚恐之色，便齊都凝結住了！

這一剎那間，大地上的一刻，也都像是突然凝結了起來。

七海漁子長長歎了口氣，突地一揮手掌，一言不發地掉頭而去。

燕山三劍、多手真人、南宮雙李，齊地對望一眼，似乎也俱都暗中歎息一聲，默然走出樹叢。

嶗山三劍的目光，憐惜地落在薛若璧身上，然後又一齊瞟向伊風。他們似乎有什麼話要對伊風去說，但終於忍住了，各自歎息一聲，掠出樹叢，然而他們歎息的聲音，卻似還在林梢飄散著。

伊風呆望著薛若璧的屍身，一時之間，心中也不知是什麼滋味，見到這些人突然一齊離去，心中不禁奇怪，奇怪這些天爭弟子，見到他們的教主夫人慘死，怎地不但全無表示，而且俱都離去，任憑這具昔日曾經顛倒眾生的美人身軀，曝於天光之中。

但是，另一種難言的悲哀，卻使得他中止了心中的疑惑。他想起了往昔那一段美麗的時光，他想起小橋上的邂逅，星光下的盟誓，小屋中的密語，凝視時的甜蜜。這一切，對他說來，似乎是那麼真實，卻又似乎是那麼遙遠。

望著地上這具冰冷的屍身，他突然感到一陣無比的寒意。抬起頭來，暮色果然已悄然籠罩著大地，林間的晚風，彷彿有著比平日更濃厚的蕭索之意。他無法控制自己的思潮，又回到昔日美麗的夢境中去。

於是他俯下身去，緩緩伸出手掌，輕輕握住那隻美麗、蒼白，但卻冰冷的纖手，一滴眼淚奪眶而出沿頰流下，滴在這隻美麗而蒼白的手掌上，像是一粒晶瑩的明珠。

薛若璧若是還有知覺，還能感覺到這淚珠的冰涼，她便也該足以安慰了。

因為她一生之中，雖然一無所得，然而她卻已尋得一個如此多情，如此昂藏的男子，在她臨死的時候，還守在她身旁！

太陽，終於完全被山巔吞沒了。

濃重的夜色，像夢一樣，突然便降臨到這山林中，這大地上。

伊風輕握著這曾經深愛著他，也深深被他所愛的女子的手！心胸之間，除了那遙遠而美麗的回憶之外，似乎什麼也不願想了。

人們，是多麼奇怪呀，他常常會忘記一個死者的過失，而只記得他的好處，這也許就是人類為什麼會被稱為「萬物之靈」的原因吧：因為仁慈和寬恕，不就是所有靈性中最偉大的靈性嗎？

時光，緩慢而無情地溜走。夜色，更重了。

他站起身來，在這樹叢的旁邊，掘了一個深深的土坑，這件工作，使得他雙手都為之麻木起來，指甲縫也塞滿了泥土。

但是，他卻絲毫也沒有放在心上，他小心地捧起她的屍身，輕輕放在這土坑裡，然後再捧起一把泥土，撒在她身上。

突地——他目光一動，看見了她胸膛上的那柄黃金彎刀，於是他俯下身，將這柄彎刀拔起來，謹慎地放在懷中。

他此刻並沒有仔細地來看這柄彎刀，因為當人們滿心俱為悲哀充滿的時候，便不會再有心情去觀察任何一件事物。

他只是不住地撒著泥土，讓不變的泥土，將常變的人身覆蓋。

終於，土坑平了。

昔日嬌麗絕倫，顛倒眾生的美人，此刻便變為一抔黃土。

他深長地歎息著，走到一邊，選了一塊較為平整的山石，掏出懷中的彎刀，極為仔細而緩慢地在山石上刻了七個字「亡妻薛若壁之墓」。

這七個字雖然和任何字一樣平凡，但其中所包含著的寬恕、仁慈和情感，卻是無可比擬的，對含恨死去的薛若壁來說，世間絕沒有任何一件事物能和這平凡的七個字相比。你看到了嗎，在這一抔黃土中的靈魂，不是已經安慰地綻開一絲微笑了嗎？

然後，伊風將這塊山石，也埋在黃土中，只留下一方小小的石角，留作表志，他不願她的遺體被任何人騷擾，尤其在這月光如銀的晚上，於是，他又靜靜地坐下來，等待日光的重亮。

月光，從林梢映入，將他的影子拖得長長的，覆蓋在這一抔新掘的黃土上，就像是多年以前，「鐵戟溫侯」呂南人，用他那隻強健有力的臂膀，輕輕地擁抱著他的愛妻一樣。有風的時候，木葉飄然，似乎也在為這多情而昂藏的男子作無言的歎息。

第七七章　荳蔻梢頭

陽光，像是為了昨夜太多的悲哀，今晨竟升起得特別早。

初升的第一道陽光，劃破了沉重的黑暗，撕裂了清晨的濃霧，也曬乾了新生樹葉上的朝露——然後，充沛而旺盛地青春的朝氣，便在這一片青碧的山野間，隨著被撕裂了的濃霧飛揚起來。

蜿蜒迤邐的山道上，灰黃的砂石，也被這初升的陽光，影映變為一片燦爛的金黃，像是漫山翡翠樹間的一條黃金道路，生命，在這初春的清晨裡，對人們來說，的確是太優渥了。

突地——

這有如黃金鋪成的山道上，竟隨風飄起了一陣陣悠揚的歌聲，聲音是嬌柔而曼妙的，但卻聽不甚清，彷彿是個荳蔻年華的懷春少女，在曼聲低詠著：

許多日未到山野，
山路頓覺春深，
綠葉蓋滿枯樹，
新水爭學琴音，
還有雙雙狂蝶飛來飛去，
似有意打動人心……

歌聲近了，隨著這曼妙的歌聲，山路上輕快地走上一個像是只有十三四歲的明媚的少女，她一手輕輕撫著被春風吹亂了的秀髮，一手輕拈著一片春草，像是隻快樂的黃鶯似的，輕快地走著，輕快地唱著：

世間圖畫多少，
可曾畫這般山林池沼？
世間詩詞多少，
可曾詠這般玲瓏窈窕？
天然美景畫不成！
待歌詠，
也輸與枝頭好鳥……
枝頭好鳥。

問「世間詩詞多少」！我不知道，我也不知道世間的詩詞，有過多少是讚詠這初春清晨的山野，但是我知道，古往今來所有的讚詠也及不上這少女此刻在曼聲低詠著的歌曲，因為它是那麼自然，自然得沒有任何拘束，就像是春夜中的輕風、流水、蟲語……一樣，用最自然的歌曲來讚詠自然的美妙，那不永遠是最最令人心動的嗎？

呀！「世間圖畫多少！」我不知道。我也不知道，世間有多少丹青妙手，曾經用鮮豔的彩色，來描繪一個少女的美豔！

但是，我卻知道，世間永遠不會有一個丹青的妙手，能將這少女描繪出來，因為縱然有人能描繪出她明媚的眼睛，卻無法描繪出她眼波中的光彩，縱然有人能描繪出她嬌美的笑靨，卻無法描繪出她笑靨中的甜意，縱然有人能描繪出她窈窕的體態，卻也永遠無法描繪出她身體內含蘊著的青春活力：

她輕快地、歡躍地，從山下走了上來，輕紅的衣衫，在青綠的大地間，像是一朵輕柔的晚雲，在蔚藍萬里的蒼穹間冉冉飛來，世間的一切憂鬱與不幸，似乎都因她的到來而遠去。

歌聲停了，她明媚的目光，讚賞地瞟過每一件春風中的景物，腳步仍然輕快地移動著，秀髮飄在身後。

但是——

在這如此明媚，如此愉快的春之晨中，在這如此秀麗，如此清幽的青碧山野裡，竟會還有人發出如此憂鬱，如此沉重的歎息！她停下腳步，凝神傾聽。

這歎息像是山路那邊，一片山坡上，一片小林中的一個紅頂山亭中發出來的，而且，還像是不止一人。

她輕輕皺了皺眉，但是嘴角的笑音仍未消失，腳步遲疑了一下，就開始向山亭那邊走去。

只聽得「啪」的一聲，像是兩掌互擊，又像是以掌擊桌。然後，一個蒼老的聲音，緩緩說道：「老二，你說這奇不奇怪，到現在還沒有來，唉——」

他沉重地歎息一聲，又道：「三弟永遠是這種不顧人的脾氣，也不管別人心裡是否著急，老二，你聽清楚沒有，三弟說的，可是不是這裡？」

另一聲歎息，另一個憂鬱沉重的聲音，亦自緩緩說道：「大哥，三弟會來的！他……唉！」

他彷彿還想說什麼，但終於用一聲歎息結束了自己的話，先前那蒼老而沉重的聲音又說道：「會來的……會來的，但願他會來，唉……三弟，你知道，大哥是永遠不會對你有惡意的呀，唉，三弟，你難道不知道嗎？」

這蒼老、憂鬱，沉重，而又充滿情感的聲音，從遠處傳來，傳入這少女的耳裡，她悄悄眨動了一下眼睛，走上山坡。

玲瓏的山亭中有一張石桌，四條石墩，石墩上坐著兩個身穿藍衫的中年人，頷下微微有些短鬚，他們以手支頤，低垂著雙目，默默地坐在桌邊，像是非常憂鬱，又像是非常疲倦。

山亭邊有翠綠的欄杆，一個憂鬱而疲倦的老人，另一個藍衫的老者，年紀雖然較他輕些，但臉上的憂鬱和疲倦的神色，卻和他完全一樣，他們默默地倚在欄邊，出神地望向遠方，像是在眺望著什麼，又像是在期待著什麼。

這少女輕盈地走了過來，目光一轉，和他們的目光遇在一處，她心中輕輕一跳，只覺得這四人的目光竟是如此銳利，那麼樣的憂鬱和疲倦，竟也不能將他們眼睛中銳利的光彩消去半分。

她眨了眨眼睛，大步走了過去，嘴角開始泛起一個甜美的笑容，她嬌笑著，向這素不相識的四個男子輕快地說道：「今天天氣真好，是不是？」

這四個藍衫人齊都一愕，迅快地交換了個眼色，於是他們都知道，自己這些人裡沒有一個人和這少女是素識的，他們又向後望了一眼，四野空空，除了他們之外，就再無人蹤。

於是他們又知道，這少女是在對自己說話，但是他們都不認得她，也不知道她為什麼要對自己說話，四對眼睛，又自閃電般望了這少女一眼，只覺得她笑容是那樣甜美，目光中又都是善意，叫任何人都無法拒絕回答她說的話。

那憂鬱的老者乾咳了一聲，勉強在自己臉上擠出一個微笑，點頭道：「是呀，小姑娘，今天天氣真好。」

那少女眼睛眨也不眨地望著他，看到他笑，她就笑得更甜了，她高興地拍著手，大聲笑道：「好，好，你笑了，我原先以為你不會笑的呢！」

這老者又自乾咳一聲，回頭望了另三人一眼，只見他們眼裡，也都像是有了些笑意，只是又都在忍耐著，沒有笑出來。

他一生穩重嚴峻，別人都將他當作長兄嚴父，從沒有人在他面前說過這樣的話，此刻他望著這少女甜甜的笑容，憂鬱而蒼老的心境，也像是開始有了些暖意，溫柔地說道：「小姑娘，你要到哪裡去呀，這裡山很深，你會不會迷路？」

另三個藍衫人奇怪地交換了個眼色，他們從未看過他如此神態說話，尤其他說話的對象，竟是個十三四歲的少女。

但是，他們卻也沒有將心裡的奇怪說出來，只見這少女眨了眨明媚的眼睛，含笑又道：「我不會迷路，我跟媽媽在一起。老伯伯，我到這裡來，只是希望你不會歎氣。你看，天是這麼藍，樹是這麼綠，冬天好不容易過了，現在是這麼美麗的春天，世上有什麼事是不能解決的？老伯伯，你又何必歎氣呢？」

她嬌柔的聲音，甜美的笑靨，以及言語中溫柔的勸慰，使得小亭中四個藍衣人面上的憂鬱，很快地就被一陣微笑替代。

於是她滿意地點了點頭，嬌笑著又道：「我走了，我還要陪媽媽去找人，希望你們等的人，很快就來。」說著，她微笑著招了招手，像一隻蝴蝶似的，再次輕快地向山上走去。

第七八章　蝶媒花訊

於是，此刻她的腳步就更輕盈了，心情也更愉快了，因為她覺得已幫助了別人，解開了別人心中的憂鬱，她快樂地低語：「幫忙別人，原來是這樣令人快樂的事呀……」突地，一隻蝴蝶自面前飛過，她笑了笑：「飛來飛去，你也想打動別人的心嗎？」輕伸玉手拂去，但霎眼間，這隻蝴蝶，竟又飛過來了，她皺了皺鼻子，突地疾伸雙掌，想捉住牠，哪知這蝴蝶彩翅一展，竟又遠遠飛了開去。

陽光下，她只覺這雙展動著的彩翅，竟有無比的美麗。

她左右四顧一眼，確定已再無人跡，突地運足輕點，嗖地掠起一丈，撲向那隻彩蝶，疾伸玉掌，雙手一拍地，她又落空了。

她輕叱一聲，腳尖在灌木枝上一點，窈窕的身形，再度騰身而起，這次她連下一次落腳處都看準了，非將這隻彩蝶捉住不可，其實，當她輕盈的身形，淡紅的衣裳，飄飄地凌空飛掠的時候，還不是和一隻彩蝶一樣！

就只是腳尖在柔軟的枝葉上輕輕那一點，她已曼妙地前掠丈餘，眼看著那隻彩蝶絢麗的翅膀，她手掌再次輕輕一拍，竟拍出一股柔和的掌風，那彩蝶向前一衝，然後慢慢地落了下去。

她得意地嬌笑一下，嬌軀微扭，筆直地掠向那彩蝶落下的地方，那是在一叢濃密的林木後面，她想，這隻蝴蝶落下去的地方，倒真像個屏風似的，暗中一調真氣，正待飄身下去。

哪知——她目光動處，卻不禁為之驚呼一聲，雙臂猛張，身形提起三尺。

原來，在她將要飄身落下的地方，竟端端正正地坐著一個人，像是尊石像似的，聽到這一聲驚呼，才慢慢轉過頭來。

兩人目光相對……她不禁又驚呼一聲，身形落到這人身旁的地上，輕伸玉指，指著端坐地上的人，驚訝地脫口呼道：「你……你是呂南人！」

在料峭的春寒中，面對著埋葬了昔日愛妻的一抔新土，枯坐了一夜的伊風，此刻回過頭，竟見到一個妙齡少女，脫口呼出連自己都已幾乎遺忘了的名字，心頭不覺一震，定神望去，突也脫口道：「你……你是不是凌大俠的女公子？」

這少女展顏一笑：「對了，我就是凌琳，呀，想不到你還認得我。」目光一轉，突地瞥見伊風面前的一抔新土，再望了望伊風的面色，眨了眨眼睛，像是想說什麼，雖又忍住，但終於囁嚅著說道：「呂……呂大叔，你坐在這裡幹什麼？難道……難道……」

伊風長歎一聲，截住了她的話，沉聲道：「許久不見，想不到你也長大了不少，我……我也老了……老了。」緩緩站了起來，呆滯地轉動了一下目光！

「你怎地也來了，你媽媽呢？這些日子來，你們到哪裡去了？」他語聲頓了頓，突地想起她們母女已跟三心神君習藝之事：「你怎麼不在三心前輩處習武，卻跑到這裡來？」

凌琳明媚的目光，在伊風蒼白淒清的面目上一轉，突地「噗哧」笑道：「才不過一年多嘛！呂大叔，你怎麼就說自己老了。」

伊風苦笑一下：「你還年輕，當然不會知道，有些人在一夜之間就會蒼老許多，唉——就像是十年一樣，而有些人度過十年，卻像是彈指間事。」

他語聲低沉而緩慢，像是在回答凌琳的話，又像是在暗自低語。

凌琳秋波轉處，再次望了望地上的一抔新土，她知道這其中必定有著什麼是以令她的「呂大叔」傷心的事，但是她不敢問。

她只是輕輕笑著說：「我和媽媽本來是跟著師父練武的，只是師父他老人家事情好像很多的樣子，教了我幾個月，就說要採藥去了，他老人家臨走的時候，叫我好好把那些功夫練半年，然後就隨便我到哪裡去。」

伊風「哦」了一聲，呆滯地轉動著目光，最後終於停留在凌琳身上，他覺得時間雖只過了年餘，但是在這段日子裡，變化卻又是多麼大呀，昔日還是個垂髫少女，如今竟已這麼大了。

望著她，伊風心裡不自覺地起了一陣溫暖的感覺，他和她們母子兩人，雖然見面的日子沒有多少，然而卻經過一段生死患難的日子，這段日子在伊風心中，是永生都不會忘記的，此刻他看到她，就像是看到多年前的故交一樣。

於是，他嘴角不禁泛起一絲淡淡的笑容，他沉聲說道：「所以你練了半年武，就偷偷跑出來玩了，你媽媽放心嗎？」

凌琳也在望著他，他留在她心裡的印象，本來是極為模糊的，她只是常聽她媽媽告訴她，曾經有著這麼一個勇敢而正直的人，從奪命雙屍的魔掌下，救出了她的性命。

但到了此刻，她才知道，雖只匆匆一面，但他留在自己心裡的印象，卻已非常深刻，深刻得足使她在第一眼見著他的時候，就立刻認出他是誰來。

她呆望著他，只覺他是這樣英俊而成熟，炯炯的目光，像是能看透你的心事，挺直的鼻樑，能夠給任何人一份堅毅的感覺，但是當他嘴角泛起一絲淺笑的時候，他睿智而堅毅的面目，立刻就變得那麼溫柔。

抬起頭，遇著他的目光，他似乎還在等著她的答覆，她輕輕笑了：

「我不是偷偷溜出來的，媽媽也來了，她要到這裡來找一個人，所以我才跟著一起來的。」

她輕輕一掠鬢髮，又道：「呂大叔，你心裡好像有著什麼心事似的，可不可以告訴我，讓我……讓我也替你分擔一些，媽媽說把煩惱的事悶在肚裡，最不好了，呂大叔，你說媽媽說的話是不是對的呀？」

伊風又淡淡地笑了，他突然發現，這少女竟是如此可愛。

他緩緩走過去，輕輕拍了拍她的肩膀，笑容雖不能掩蓋他面上的蒼白，更不能掩蓋他目光中的憂鬱，但是他畢竟笑了。

凌琳也笑了，只覺他拍在自己肩上的手掌，是那麼寬大而溫暖，像是能使任何人都願意將自己的一切交托給這雙手掌。

伊風笑著道：「你媽媽說的話，自然是對的，以後……以後我自然會把我心裡的煩惱全部說給你聽。」

凌琳抬起頭：「真的，呂大叔，你不要騙我呀！」

伊風暗自歎息著，忖道：「我心裡的煩惱，又有誰能負擔，唉——」

目光一垂，望見凌琳真摯的目光，他心裡歎息著，口中卻笑道：「我怎麼會騙你，現在，你要不要我去找你的媽媽去？」

凌琳笑了，真心地笑了，嫣紅的笑靨兩邊，露出兩個深深的笑窩，她開心地拉住了他寬大的手掌，分開枝葉，向外面走去，一面笑道：「好，我帶你去找媽媽去，她見了你，不知道要高興成什麼樣子呢！呂大叔，你知不知道，媽媽總是提起你，說你多麼勇敢，多麼好，只可惜不知道你到哪裡去了，哈——她看見我突然和你一同出現，你猜猜她會現出什麼樣子！」

伊風隨著她走了出去，他不用回頭，也知道留在他身後的是什麼，但是他仍然忍不住要回頭看上一眼，看一眼那一抔新掘的黃土，因為在這抔黃土裡永久安息著的，是曾經被他深愛著的人。

但是他終於回過頭來，在他眼前的，是絢麗的陽光，碧綠的樹葉，充滿生命活力的大地，和滿含溫柔甜意的笑容。

他輕輕歎了口氣，覺得生命仍然是美好的，世上仍然充滿了人類的愛心，他又何苦把自己深深埋葬在過去的憂鬱裡。

於是他挺了挺胸膛，緊握著凌琳溫暖的小手，大步向前走去。

第七九章　遲暮傷春

孫敏，本來是和凌琳一起到這西梁山來的，但是上了西梁山，面對著滿山春色，她突然有了一種無法承受的感覺。

她無法知道這份感覺的由來，也不敢去尋求解答，她只是覺得自己心裡有一份淡淡的憂鬱，而她甚至連這份憂鬱是為了自己，還是為了春天，卻不知道，於是她才會讓年輕的女兒先上山，而她自己，卻願意獨自來消受這份初春的憂鬱。

望著她女兒充滿青春活力的背影！她心中又覺得很滿足，這淡紅的身影，又活生生就是自己二十年前的影子。

在這迤邐的小道上，她緩緩移動著腳步，往事，又像潮水一樣地開始在她心裡翻湧起來。

往事，往事——唉，剪不斷，理還亂的往事，人們為什麼要有往事的回憶，若人們單單只會憧憬未來，不要比現在幸福得多嗎？

青春的日子，就像河裡的流水，一去，就永遠不會再來了。

江中的暖流，枝頭的紅葉，人面的堆笑，濃情的蜜語……雖然處處都有春意，但遲暮的婦人心中，卻永遠不會感覺到，她年紀雖不甚大，看來也不覺蒼老，但是她的心境，縱然在這初春的天氣裡，也像是有了晚秋的蕭索，她不知道什麼是自己要追尋的，人生，似乎已完全沒有一樣值得她追尋的東西，除了那粉紅色的身影。

她終於有了一個可以寄託她的地方，雖然人生不過百年，是那麼匆促，但她的生命，卻已有了延續。

於是，她的腳步快了些，她極力集中思潮，在前面的道路上，什麼也不看，什麼也不想。

終於——她聽到了她女兒的笑聲，聽到她女兒在快樂地呼喊著：

「媽媽！」

伸出玉掌，她抹了抹面頰，抹去了面上的輕塵，也抹去了面上的輕愁，然後，她抬起頭，堆起笑容，回答著道：「琳兒，我在這裡！」

小路上飛快地掠出兩條人影來，那是她女兒，但是——還有一個是誰？

她定了定神，凝目望去。「呀——」

她不禁失聲高呼了起來！

「想不到，想不到，呂……南人，南人，你竟然在這裡。」

一個三十五歲婦人慣有的矜持，卻也掩不住她此刻的興奮，於是，矜持消失了，她撩起裙腳，一個箭步躥過去。

身法是迅快而驚人的，但是伊風卻笑了，多日來第一次真正地笑了，一個高綰雲鬢，穿著百褶湘裙的高貴婦人，竟然會撩起自己的裙腳，像個男子漢似的，躥起箭步來，他從未想到自己一生之中，會看到類似此刻的情景。

他的笑容中，不知包含了多少安慰，他迎上去，笑著說：「孫……凌夫人，我……小可也想不到會在這裡遇著您。」

世故，使得他一連變了兩個稱呼，孫敏目光一轉，輕笑道：「夫人……呀，你還是叫我大姐好了。」就在她目光一轉中，她已發現了伊風笑容後的蒼白與憂鬱，她轉向凌琳：「琳兒，你是怎樣遇著呂大叔的？」

凌琳搶著說了，等到凌琳說完，孫敏的雙眉輕輕皺了起來，她目光再次凝視著伊風，目光滿含著詢問，她想問他：「你一個人在那裡坐著是為了什麼？你心裡有什麼心事？」

她沒有問出來。

只是她雖然沒有問出來，伊風卻已知道她想問的是什麼，他垂下頭，強笑著，裝成愉快的聲音說：「大姐，你叫你女兒也不要叫我呂大叔好不好，我……我早已不姓呂了，叫我伊風好了。」

說到後來，他語氣中佯裝的愉快也消失了。

於是孫敏更清楚地知道他心裡，必定有著沉重的心事，也知道他不願意將這心事說出來，她就不再問，太多的患難，太多的憂鬱，使得她對別人心裡的煩惱，也有著一份深邃的瞭解和同情。

她只是轉開話題，笑著說道：「我叫你伊風，當然可以，可是難道你要讓琳兒也叫你伊風嗎？」

凌琳嬌笑著，望向他，他正也望向凌琳，兩人目光相對，他又強自笑著道：「當然，這有什麼不可以。」凌琳嬌美的笑容擴散得更大了，她望著她媽媽，像是自己已變成了大人似的說：「伊風沒有事，我們把他也帶到大阿姨那裡去，好不好！」

她故意將「伊風」兩字喊得待別清楚，孫敏責備地望了她一眼，可是等到孫敏的目光經過伊風的面頰，再望到凌琳身上的時候，孫敏目光中的責備之意，便像是因為突然看到了什麼，和突然想起了什麼，而變為一種溫和的笑意。

於是她告訴伊風，她這次到西梁山來，是為了要探望一個已有多年不見的堂姐，她說：「我已經有許久沒看到她了，我甚至從來都沒有想到要來找她，可是最近……」

她笑了笑：「大概是因為年紀大了些吧，我突然想到我在世上還有這樣一個親人，就忍不住要來找她。」

她笑容中加了些輕微的歎息，又道：「你假如沒有事，就一起去好嗎？呀——」她突然又高興起來，「我告訴你，我那堂姐，是個很奇怪的女人，而且嫁了個很奇怪的丈夫，住在一個很奇怪的地方，你去了，我擔保你會覺得去這一趟不是沒有價值的事，也擔保你不會失望。」

伊風想了想：「此刻，我該到哪裡去呢？」他雖然自覺有許多事要做，可是現在卻不知該先做哪一樣，更不知道到哪裡去，於是他答應了。

他們極快地上山，孫敏拉雜地說著些閒話，凌琳卻在旁邊出神地望著伊風。

孫敏說：「我雖然好久沒有來了，上次我來了一次，那還是和……唉，還是和北修一起來的。」她眼圈紅了紅，但隨即一笑：「可是我直到現在，還沒有忘記到他們家裡去的路，因為他們住的地方太特別了。」

伊風心中一動：「莫非是他？」

卻聽她又道：「劍先生呢？你看到他沒有？」伊風搖了搖頭，孫敏又道：「我也有許久沒有見到他了。」她垂了垂眼：「你到無量山去，怎麼去了那麼久，是不是遇著什麼事，唉——對了，你去那裡找的東西，到底找著了沒有？」

伊風長歎一聲，方待說出自己這一年多來離奇的遭遇，孫敏卻又喜呼一聲：「到了！」她說：「我們到了那裡，你再說給我聽吧，我知道那一定是段很長的故事。」她腳步微頓，看了看矗立在前面山路上的山峰，自語著道：「一定是這裡。」身形一折向路旁的山林中掠去。

初春的山中，枯木仍多，伊風掠進去的時候，心頭在劇烈地跳動著，因為他此刻已證實了自己方才的猜測！

「她的堂姐，果然就是嫁給鐵面孤行客的那個女子。呀！果然是個奇怪的女子，嫁了個奇怪的丈夫，住在個奇怪的地方，唉——可是我又怎能和她一起到萬天萍那裡去呢？」

這其中只有凌琳是興奮的，一掠入山林，她就緊緊抓住伊風的手掌，她是那麼興奮，所以她竟沒有發現伊風手掌的顫抖，只聽孫敏道：「上次我來的時候，姐夫不在，這次，他該回來了吧！」

伊風漫應著，他此刻已陷入無限的矛盾中，他知道自己是不該和她們母女一起去的，但是他看到她們母女的笑容，尤其是面對著凌琳這個純真的少女，他又實在不知該如何來拒絕她們。

一入山林，他們的腳步就快了起來，向右一折之後，便是那條寬約四尺，蜿蜒上行的山路，望著這條山路，他暗問自己：「我究竟該怎麼辦呢？」

第八十章　絕壑驚變

突地——

山路上竟傳下一陣洪鐘般的喝罵之聲：「老猴子，你躲在裡面不出來，算得是什麼英雄，哈哈——我只當鐵面孤行客是個英雄，哪知卻是個狗熊！」

伊風一驚，他立刻聽出這是妙手許白的聲音。

孫敏、凌琳，竟自一齊都面色一變，孫敏似也知道「南偷北盜」間至死方休的爭鬥，聞聲變色道：「是不是妙手許白也到了這裡？」

凌琳秀眉一軒，嗔道：「這傢伙是什麼人，怎地如此狂妄，走，我們去看看！」

她一拉伊風的手，飛也似的上了這條山路，伊風心中雖然猶疑不定，卻也跟著她掠了上去，但覺她身形之輕盈曼妙，已不知超出年前若干倍，心中又不禁暗暗讚佩，那三心神君果然教導有方，在這短短一年來，便已調教出這般出色的徒弟。

上掠數十丈，便到了山路的盡頭，伊風目光動處，只見一條魁偉的人影，倏然從山路盡頭處站了起來，大聲問道：「是誰？」

這魁偉的人影自然就是妙手許白，他喝聲過後，銳利的目光立刻辨出掠上的人影是誰，一搖虬鬚，大笑道：「原來是你，哈——怎地又帶了個小姑娘來。」目光一轉，突地瞥見孫敏：「哈，兩個！」

本自滿心嗔怒的凌琳，見到自己嗔怒的對象竟是認得伊風的，不禁愕了一愕，把口邊要罵的話，忍了回來。

孫敏亦為之一愕，脫口道：「伊風，你認得他？」

伊風緩緩點了點頭。妙手許白又自縱聲狂笑起來，一步向前，握住伊風的臂膀，大笑著道：「你來了，好極了，讓你也看著萬天萍那老猴兒的景象。我和他一路打到這裡，那亭子裡突然跑出一個女人來，對萬天萍又喊又叫的，哈哈——你知道我是生平最不願和女人囉唆的，剛停下手，讓他講個痛快，哪知那邊突地飛來一條帶子，萬天萍這老猴兒竟拉著這條帶子跑過去了。」

他伸出巨大的手掌，在自己另一隻手掌上重重一擊，狂笑著道：「他這一去，竟出不來了，我在這裡罵了半天，他卻像個縮頭……」

凌琳秀眉軒處，突地冷笑一聲，截斷了他的話，嬌喝道：「你是誰？怎麼罵起我姨父來了，這麼大年紀了，還像個小孩子似的罵人，哼，真虧你也不知道什麼叫害臊！」

妙手許白一怔：「你的姨父！」目光向右一瞟，瞟了伊風一眼，向左一瞟，望了凌琳一眼，左右轉了兩轉，突又縱聲狂笑著道：「好，好，小姑娘，有志氣，數十年來，真還沒有人敢罵過老夫的，現在你居然說老夫像個小孩子，不害臊，哈哈——」他指了指伊風又道：「小夥子，你交的小姑娘，真是一個比一個厲害。」

伊風面上一紅，還未來得及說話，孫敏已自冷冷說道：「閣下想必就是妙手許白大俠吧？」

妙手許白又一怔，點了點頭：「不錯，老夫正是許白。」

孫敏冷冷一笑：「許大俠英名久已震動武林，說話也該放尊重些，也好叫小輩們學學樣子。」

妙手許白目光一凜，鬚髮皆張，本已魁偉無比的身形，倏然之間，像是又高大了些。

但孫敏卻仍然絲毫不動聲色，像是世上任何事都不足以令這個堅強的女子懼怕似的，卻見妙手許白目光一轉，竟突又大笑道：「哈，你錯了，你錯了，我又不是大俠，我只是個小偷！」笑聲一斂，目中威光又現，接道：「只是我倒要問問你，你是誰，憑什麼要管老夫的閒事？」轉向伊風：「老夫若不是為了和你這娃娃還有些交情，早就……」

伊風乾咳一聲，搶口道：「這位凌夫人，便是昔年的三湘大俠凌北修的夫人，這位就是三湘大俠的愛女，咳——凌夫人的令姐，就是萬老前輩的夫人。」他像是費了偌大氣力，才將這其中的關係弄清。

妙手許白「哦」了一聲，要知道昔年「三湘大俠」俠名甚著，而且在武林中更久有義聲，是以妙手許白這種武林高人，聽了這名字也不禁有些敬意，這正是武林豪客彼此間的相惜之心，卻不是說妙手許白對那凌北修有所畏懼。

他目光一轉，便又笑道：「衝著你這娃娃和凌北修的面子，我不再罵那老猴兒就是，可是，我卻要在這裡等他，看他是不是永遠都縮在……哈哈，永遠都不出來。」

他嘴裡說不罵，到底還是罵了句「老猴子」，而且若不是住嘴得快，後來那句「縮在殼裡」也幾乎罵了出來。

伊風心裡暗笑，凌琳也覺得這老人甚是豪爽有趣，望了他幾眼，忍不住輕輕「噗哧」一聲，笑了出來，她天性善良，對任何人都沒有懷恨之心，何況這老人又是和伊風認識的呢！

只有孫敏，她面上卻仍然不動聲色，她想呼喝兩聲，讓萬天萍知道自己來了，又怕萬天萍出來後，見著這妙手許白，那時情況豈非十分尷尬，她想了想，卻見妙手許白大笑了兩聲，又面對著對崖的凌空飛閣，盤膝坐了下來，一時之間，誰也沒有說話，因為誰都不知道該說什麼。

凌琳秋波流轉，望東望西，長久良久，突地幽幽一歎：「你們到底在等什麼，唉——等待可真是難受的事，先前我上山的時候，看到有個老頭子在亭子裡等他的三弟，竟好像等了一夜——」

伊風心頭一震，脫口問道：「你說誰在等他的三弟，那人是不是身材瘦削，滿面憂鬱之色的老人？」

凌琳睜大眼睛，點頭道：「是呀，除了那老頭子，另外還有三個人，他們都穿著藍衣服，怎麼，你又認得他們？」

剎那之間，伊風只覺由心底升起一陣顫抖，閃電般忖道：「這四人難道就是華品奇他們，在等三弟！呀——」劍眉一軒，一把抓住凌琳的手，問道：「他們在哪裡？」

凌琳滿心疑惑，緩緩道：「就在山腰下的一個紅頂小亭裡。」

伊風全身顫抖著：「三弟，難道他們在等蕭無？難道他們已找到了蕭無？」一咬鋼牙，突地扭轉身軀，電也似的朝來路掠去。

此刻他心中似已渾忘一切，只記得「蕭無」二字，他毫不考慮自己見著蕭無時該怎麼做，更不考慮自己是否是這天爭教主的敵手，他只渴望著能見到這陰險毒辣的對手一面，因為久已蘊集在他心裡的仇恨，此刻已像火山般爆發了出來。

他發狂了似的掠下山坡，妙手許白，孫敏，凌琳卻不禁為之一震，三人目光相對，凌琳突地嬌喚一聲：「媽媽，我去看看他幹什麼。」嬌軀輕轉，亦自隨後跟去。

她用足全力，只見伊風修長的身軀，像燕子似的在山林中飛掠著，剎那之間，便掠出山林，凌琳想不到他的身形竟是如此驚人的迅急，她縱然使盡全力，卻也無法追上，她著急地大喊：「伊風，等等我——」

她的聲音雖大，伊風卻根本沒有聽到。

他自己也覺得自己的身法，似乎已比昔日快了不知多少，要知道武功一道，最是玄妙，他自幼及長，多年苦練，本已紮下了極好的根基，再經那武林一代奇人劍先生為他打通任督兩脈，他內力何止增進一倍，到後來他在秘窟中又苦研那武林中的至寶《天星秘笈》上所載的武學中最深奧的內功，功力又不知增進若干，只是他自己卻還不知道而已。

直到此刻，他使出全力，才知道了自己功力的增長。他發狂地飛掠著，只覺山道兩旁的樹木，像飛也似的從身畔倒退過去。他心中的熱血，也開始沸騰起來，他興奮地暗問著自己：「不知道蕭無可是真要到那小亭中會見華品奇？不知道此刻他可曾走了？」心意一轉：「我此刻功力似已增進不少，不知道是否是那萬惡的賊子蕭無的敵手？」他急切地渴望著要知道這些問題的答案。

於是，他的身形就飛掠得更快了。

第八一章　死不瞑目

漫山春陽，漫山金黃。

伊風眨動了一下眼睛，只覺面上的肌肉，彷彿像是有種乾裂了的痛苦，他突然想起自己的面容，不但多日未見陽光，而且也已經有多日未曾洗滌了，易容後的人皮面具，一直裹著他的臉，就像是風乾了的魚皮似的，他不禁暗地嘲笑自己。

「原來易容是件這麼難受的事，我只不過才忍受了短短數月的時候而已，想當年那位蕭三爺，可真不知他日子是怎麼過的。」

他身形不停，伸手摸了乾燥的面靨：「唉，我該找些水了。」他暗中思忖：「但是，這也要等我找著蕭無之後。」

他從不知道，仇恨可以使人忍受這麼多幾乎不能忍受的事。

可是，此刻，他卻知道了，非常深切地知道了。他忽然想到如果他自己是勾踐的話，他也一樣地會做出臥薪嚐膽這一類事的。紛亂的思潮，沸騰的熱血。

他也不知道自己究竟奔掠了多久，也許，只是霎眼之間吧。

目光抬處，滿山方抽新綠的林木掩映中，果自露出紅亭一角。

他的心不禁為之狂喜地跳動了一下，滿引一口真氣，倏然數個起落，那遙遠的紅亭，便突地像魔術般跳到他眼前。呀，這是一種多麼奇妙的享受呀，只是你若沒有絕頂的輕功，便萬萬夢想不到這種享受的境界。

於是，他曼妙地將真氣一轉，身形再次一掠，縱身向這山亭撲下。

剎那之間──他但覺天旋地轉，「呀」的一聲，落在地上，噔噔噔，向前衝出數步，一把抓住這山亭翠綠的欄杆，只聽──「啪」的一聲──翠竹的欄杆，應手而裂，破裂的竹片，被伊風鐵掌揑得粉碎，然後再緩緩從他掌縫中流出。

他緊咬著牙關，動也不動，目光中似乎噴出火來，狠狠盯在——

這山亭中的四具屍身上。

初春的清晨，滿山飛揚著生命的美妙，大地就正和愛美的少女一樣，及早收起了厚重的棉襖，換上了新綠的輕衫，多情的少年，正望著這新綠羅衫的窈窕身影，低詠著深情的句子，就算是已在風燭殘年中的老人，也會搬起一張竹椅子，搬到院子的前面，合上眼，靜靜地享受這初春的陽光。

然而，「飛虹七劍」！

來自遙遠的關外的「飛虹七劍」！

為了手足的深情來自遙遠的關外的「飛虹七劍」！

受盡千辛萬苦，只為了手足深情，來自遙遠的關外的「飛虹七劍」！

此刻卻在這初春飛揚的氣息中，倒斃在這翠綠的山亭裡，倒斃在他們自己流出的鮮血血跡上……

剎那之間——

伊風滿身堅強的肌肉，都不禁起了一陣陣痙攣的顫抖，良久，良久，他方自長長吐出胸中一口怨毒之氣，怒叱道：「好狠！」

他頎長的身形，也隨著這短短的叱聲，掠入這小巧的山亭中。

他顧不得檢視別人，首先就掠到那跛足的老人，也就是「飛虹七劍」之首——華品奇身側，此刻這豪爽正直而義氣的老人，正無助地俯臥在地上，伊風惶急地伸出顫抖著的手掌，將他枯瘦蒼老，而已冰涼了的身軀翻轉過來。

於是，他就看到了這老人一雙空洞而呆滯的眼睛，一雙伊風有生以來從未見過，此後也永不會忘記的眼睛。

這老人已經死了，所有的生機，都已隨著他的鮮血從創口中流出。

但是！他的一雙眼睛——多少的失望，多少的痛苦，多少的怨毒！此刻卻仍深深地含蘊在這一雙眼睛裡，伊風用不著看他面上扭曲的肌肉，也用不著看他緊握著的手掌，就可以體會出這老人心裡的失望、怨毒，與痛苦。

「他是死不瞑目的……死不瞑目的！」

伊風輕輕放下他的屍身，沉重地在他面前跪了下來。

然後，他便又看到了老人脅下要害上插著的一柄尖刀！

一柄黃金的彎刀，刀刃卻已可怕地插入脅下，只有刀柄仍在陽光下閃著金光——帶著血紅色的金光！

顫抖著拔起了這柄刀。伊風的手掌劇烈地顫抖著，鮮血的血珠，沿著刀脊上的血槽，一滴一滴地落下來。

對死者的憐憫與尊敬，對生者的憎恨與怨毒，使得伊風的心胸中，像鉛一樣的沉重，剎那之間，他知道了，這兇手的姓名——蕭無！

昨夜殺死一個產婦，一個可憐的產婦，一個剛剛為他自己生出一個孩子來的產婦的蕭無！

突地，他手腕一反——

只見血光一花，伊風的牙根咬得更緊了，他竟斷去了自己左掌的一根小指，他顫抖著拾起這根斷指，輕輕放在死去的老人冰涼的胸膛上。

他緩慢，低沉，但卻無比堅強，一字一字地說出八個字：「不殺此人，有如此指！」

於是，像奇蹟一樣……

這老人張開的眼，竟倏然又合起來了，一陣風吹來，吹在伊風的背脊上，伊風只覺渾身一震，激靈靈打了個寒噤，一陣難言的悚懍，像夢魘一樣佈滿了他全身，仇恨！仇恨！仇恨……

他平生從未有過任何一刻有此刻這般接近仇恨！即使他的愛妻背叛他的時候！

因為，他深刻地感覺到這老人的一身都充滿了仇恨，而此刻這老人卻已將復仇的使命留給了伊風——雖然沒有一句話，沒有一個字，但卻比世上所有言語的總和還要明顯！

剎那之間，他似乎再也不曾動彈一下，他呆呆地望著面前這老人的面容，世上所有其他的情感都已離他遠去，只有仇恨。

突地——

一陣輕輕的啜泣聲，從他身後傳來，一隻瑩白如玉的纖手，溫柔地抬起了他的左腕……

她輕盈窈窕的身軀，也溫柔地在伊風身旁跪了下來，晶瑩的淚珠，清澈的淚珠，流過她嫣紅，溫柔的嬌靨，滴在伊風鮮血淋漓的手掌，她看到伊風緩緩回過頭，茫然望著她，像是一個陌生人一樣，她的心，也破碎得有如方才那翠竹的欄杆一樣。

她從未想到世間竟有如此殘酷的事，也從未想起世間有如此淒慘的景象。

她記得片刻之間，她所聽到的這老人蒼老，憂鬱，而充滿情感的聲音在說著：「三弟，你難道不知道嗎？」

她又記得，這老人倚在翠綠的欄杆邊，那種憂鬱而疲倦的神情。

她更記得，這老人曾溫柔地對她說：「小姑娘，你要到哪裡去呀，這裡山很深，你會不會迷路？」

這些，此刻便都像圖畫一樣地，又開始在她腦海中浮起，但是，這老人此刻卻已經死了。

她又想起自己曾經對這老人說的話：「天是這麼藍，樹是這麼綠，冬天好不容易過了，現在是這麼美麗的春天，世上有什麼事是不能解決的，老伯伯，你又何必歎氣呢？」

於是，她忍不住放聲痛哭了，痛哭著道：「老伯伯……我……我錯了……世上是有些事不能解決的……死……死是不能解決的……死是不能解決的！」

淒婉的哭聲，再加上伊風無聲的哭泣，破碎了的欄杆影子，沉重地投落在鮮血中的屍首上，淩琳垂下頭，用啜泣著、顫抖著的櫻唇，吮吸著伊風斷指上的鮮血，伊風含淚的雙眸，悲哀地凝視著這溫柔的少女，春風仍在吹動，春陽依舊燦爛。

但是，這初春的山野，卻已有了晚秋的蕭索！

第八二章　如此頭顱

「嘶」的一聲，凌琳撕下了一條淡紅的衣襟，無言地為伊風包裹左掌的傷口，伊風是麻木的，是仇恨使得他麻木的。

但是他麻木的心弦，此刻卻又不禁起了一陣輕微的顫抖，他掙扎著，想將自己的心，從這種微妙的顫抖中抽出來，也想將自己的手掌，從她那一雙小巧而瑩白的手掌中抽出來。

但是，他望著她哭泣著的眼睛，他望著她垂落的秀髮，他突然發現這樣做會是一種多麼殘酷的事，兩人並肩跪在血泊裡，誰也沒有說話，唉——紛亂的思潮，紛亂的情絲——這紛亂的思潮與紛亂的情思，使得他們誰都沒有回頭望一眼。

他們卻不知道，此刻——

就在此刻，山亭外的林蔭中，突地漫無聲音地走出一個少年來，瘦弱但卻堅強的身軀上，穿著一身淡黃色幾乎像是金毛的衣衫，纖長的雙手，捧著一個一尺見方的檀木匣子。

他身軀是那麼輕巧，輕巧得移動時竟沒有發生任何一絲聲音，但是他的目光卻是沉重的，沉重地落在凌琳的身上。

他呆望著凌琳，目光中像是要噴出狂熱的火花，然後，他終於輕咳一聲。伊風、凌琳驀地一驚，閃電般回轉身來，齊地喝道：「誰？」

這少年雙眉一揚，一步掠到亭側，雙手高舉著那檀木匣子，朗聲道：「弟子奉家師之命，前來拜見『鐵戟溫侯』呂大俠！」

伊風全身一震，目中射出精光，厲喝道：「你是誰人？令師是誰？」

他再也想不到他自己摒棄已久的名字，此時此刻竟突地被一個素不相識的少年揭破，這突來的刺激，像尖針一樣在他麻木的心房上狠狠刺了一針，一時之間，他但覺全身又開始急遽地流動起方才似乎已全部凝結了的鮮血。

他目光像閃電一樣望在這少年身上，但是這少年卻仍然傲然卓立，朗聲道：「弟子鍾靜，奉家師之命，將這拜盒送交呂大俠，閣下如果是呂大俠的話，將這拜盒收下，便可知道；閣下如不是呂大俠，弟子便要告退了。」

他雙手筆直地伸了出來，紋絲不動地捧著那雕刻得極為精緻的檀木匣子，語聲清朗，態度沉靜，伊風從未見過如此年輕的少年有如此沉靜的神態，生像是一切變化都不能使他驚慌一樣。

但是他的目光掠過凌琳時，沉靜的目光，便立刻噴出了狂熱的火焰，這種目光與他面上神態之不相稱，就像是嚴冬的雪地上竟突然有蝴蝶飛翔一樣，伊風劍眉一軒，冷哼一聲，伸手接過了這精緻的檀木拜盒。

凌琳睜大眼望著他們，只見這少年鍾靜，將手中的盒子一交到呂南人手上，便轉身欲去，她心念動處，突地嬌喝道：「站住！」

少年鍾靜愕了一愕，便停住腳步，他面上雖仍一無表情，但你若仔細一看，便知道他面上的肌肉像是已全部僵硬了起來。

他緩緩道：「弟子差使已了，不知呂大俠還有什麼吩咐？」

伊風目光凝注著檀木匣上的花紋，冷冷道：「麻煩你將這匣子替我開開。」此刻他心中已自疑雲大起，生怕這匣子中裝有什麼歹毒的勾當，是以才如此說法。

少年鍾靜冷冷望了他一眼，緩緩說道：「家師只叫弟子將此匣送給呂大俠，卻未曾叫弟子開啟，而呂大俠如果不願開啟此匣的話，也與弟子毫無關係。」

他語聲雖緩慢，言辭卻犀利已極，只聽得伊風雙眉一軒，正待發話，凌琳卻已嬌叱著道：「叫你開開，你就開開，囉唆什麼？」

少年鍾靜目光一沉，心胸之中，像是突然要做什麼重大的決定一樣，默然良久，突地一言不發地從伊風手中接過檀木匣子。

伊風望著這少年沉靜的神情，明亮的雙目，和俊秀的面容，再回首一望凌琳，只見她明亮的秋波中，似乎閃過一絲喜色，像是在暗中讚賞這少年聽話一樣，心中突地一沉，問道：「你今年多大了？」

少年鍾靜似乎也被她這突然的問話愕了一愕，目光一轉，仍然緩緩道：「弟子今年方滿十七。」語聲一頓，語氣突地變得冰冷：「這問題原與呂大俠無關，弟子也並非一定要答覆，但是呂大俠這是第一次相詢於弟子，下次麼……」

他倏然頓住語聲，右掌一揚，將匣盒掀起，呂南人方自暗歎！「這少年不但神態沉默，言語鋒利，而且待人接物，極為得體，雖然稍嫌狂傲，但傲骨錚錚，不卑不亢，正是少年人本色，唉，不知道是誰能調教出這種弟子……難道……」

他心中突地一動，卻聽凌琳已自嬌喚一聲，掩面回過頭去。

伊風心頭一凜，定睛望去，只見這個少年木然捧著拜盒，筆直地站在亭前的石級上，連目光都沒有轉動一下。

而這雕製得極為精緻的檀木匣中，一張淡黃的紙束之下，竟赫然放著一顆髮髻蓬鬆，卻無絲毫血跡的人頭。

剎那之間，伊風只覺全身又自一震，探手奪過這紫檀拜匣來，揭開紙束，凝目一望，只見這顆人頭面容衰老蒼白，不但沒有一絲血跡，更無一絲血色，生像是蠟製的人頭一樣。

但這面容一入伊風之目，他卻不禁驚喝一聲，顫聲道：「硃砂掌尤大君！」

他再也想不到這紫檀匣中的頭顱，竟是天爭教兩河總舵中的金衫香主，也就是他以詐死愚之的，硃砂掌尤大君！

他一驚之下，目光抬起，厲叱道：「站住！是誰叫你來的？」

鍾靜冷冷一笑，道：「方才弟子既然未走，此刻便也不會走，呂大俠只管放心好了。」他語聲一頓，冷冷又道：「至於是誰命弟子來的，弟子原以為呂大俠早已猜到了，不過呂大俠既未猜到，只要一看家師隨匣奉上的拜箋，也可知道了。」

他目光筆直地望在前面，動也不動，像是生怕自己又會望到那穿著一身輕紅衣衫的少女身上似的。

伊風聞言心中卻不禁又為之一凜，一手展開紙箋，只見上面寫道：

「鐵戟溫侯呂南人閣下勳啓：

「閣下威震式林，名傾天下，無無緣識荊，常以為恨，年前忽傳閣下死訊，無實驚悼莫名，至今方知此訊實乃誤傳。

「閣下略施小計，便已愚盡天下人耳目，因是無更對閣下之心智景仰矣，因無與閣下，實乃一時之瑜亮，惺惺相惜之心，實所難允，是以無先為閣下報卻保定府城外一掌之仇，並將此愚人之頭顱，送給閣下，復為閣下報終南山下一劍之恨，將來自長白之無知老兒，斃於閣下之前，更為閣下除卻淫奔之妻。」

——看到這裡，伊風不禁大喝一聲，目光之中，幾乎噴出火來，只見下面寫道：「由此可見，無對閣下，實已仁至義盡，怎奈閣下卻偏偏與無為敵，豈非令無傷心。」

伊風瞠目大罵道：「無恥，卑賤，無恥至極，卑賤至極！」

卻見下面寫道：「今無有事赴江南，又復不克與閣下相見，無更以為憾！」

伊風冷笑：「我更遺憾。」他直恨不得食此人之肉，寢此人之皮。

下面寫道：「今歲五月端陽，無敬治黃雞艾酒於南湖煙雨樓上，但望閣下能來一醉，無與閣下緣慳一面，至時想必能盡歡也，專此奉達，並問金安。」

下面具名，自然是：「天爭教南七北六十三舵總舵主蕭無拜上。」

伊風的手掌，已因激怒而顫抖起來，他直恨不得能將這一張冷血的書柬，一把撕成兩半。

但是，後面卻仍有字跡：「又及：尚有兩事，無必須對閣下一謝，一為閣下竟然慷慨毀去面上之面具，使無從此心安；二為閣下之寶馬確乃神駒，予無方便不少，而閣下竟以此馬相贈，無怪閣下慷慨之名傳遍天下也。

「再及：今武林中人均已知閣下未死，閣下棄祖宗之名不用，豈非可惜？一笑。」

凌琳此刻已悄悄轉過頭來，她雖然沒有看伊風手上的信箋，卻看到伊風面上憤怒的神情，她知道這封信裡，必定有著許多不堪入目的話。

於是她靜靜止住啜泣，悄悄伸出手掌，捏住他的臂膀。

哪知——伊風突地手腕一翻，手中的紫檀匣子，便脫手飛出，手中的淡黃字柬，也撕為兩半，但靜立在他面前的少年鍾靜，卻仍動也不動地站在那裡，只是望在凌琳的玉面上而眼睛卻又像是要噴出火來。

第八三章　正名振名

紫檀拜匣，遠遠飛去，匣中的人頭，也已將落在地上。

突地——

伊風頎長的身軀，閃電般掠起，有如離弦之箭般，斜飛一丈，手掌疾抄，竟將這已將落地的木匣人頭，抄在手中，身形一折，腳尖輕點，又飄飄落在原處，輕輕將拜盒人頭放在地上。

他方才激怒之下，雖已將人頭拋出，但心念一轉，卻又覺得不該對一個死去的人如此殘忍，凌琳目光動處，輕輕一歎，少年鍾靜無表情的面目上，似乎也閃過一絲對伊風武功驚奇的神色。

只聽伊風冷笑道：「原來你就是蕭無那廝的弟子。」

鍾靜冷冷道：「正是，閣下如無吩咐，弟子就告退了。」

伊風劍眉軒處，突地仰天長笑了起來，朗聲道：「你如是這惡徒的弟子，而竟敢不走，膽子倒也大得很。」笑聲突地一頓，面上漸漸籠上一層煞氣，厲聲道：「你難道不怕我將你殺死？」

少年鍾靜冷笑一聲，道：「兩國交兵，不斬來使，弟子知道呂大俠絕無加害之心。」

他語聲一頓，又道：「何況，即使呂大俠有加害之心，弟子卻也未見畏懼哩！」

伊風面色一寒，厲叱道：「有其師必有其徒，留你在世，也是害人，我為什麼不可殺你？」

厲叱聲中，手掌一揚，唰地一掌，向這少年鍾靜劈面擊去！

凌琳暗中一驚，只見這一掌眼見要劈上這少年的鼻樑，這少年軒眉瞠鼻，卻仍不避不閃，面上也仍是木無表情，就生像是這一掌並非是要打到他身上似的。

間。

哪知——伊風掌勢竟也突地一頓，硬生生停留在這少年面前分毫之

凌琳暗中又自歎了口長氣，卻聽伊風冷冷喝道：「你怎地不動手相拒？」

鍾靜雙眉一揚，緩緩道：「呂大俠無論與家師是友是敵，但此刻家師卻仍與呂大俠平輩論交，弟子不敢以下犯上！」

伊風目光一轉，面色竟也立刻緩和下來，苦歎一聲，收回手掌，和聲道：「你年紀輕輕，前途大有可為，怎地沒有善惡之分，你難道不知道那蕭無的行事是善抑或是惡嗎？」

鍾靜目光一垂，呆呆地望著石階，默然半晌，方自緩緩道：「昔年豫讓紋身吞炭，又何嘗有善惡之分，只不過是報知己之恩而已，弟子父母雙亡，一生孤苦，幸蒙家師收留，此恩此德，有如天高海深，縱然是紋身吞炭，也難報其恩德萬一。」

他語聲一頓，昂然又道：「弟子對呂大俠雖然亦極敬慕，弟子對呂大俠雖然不敢以下犯上，但呂大俠出言如再辱及家師，弟子也說不得要

冒犯呂大俠了。」

呂南人目光一沉，呆呆凝視在這少年身上，突又長歎一聲，揮手道：「去，去！」

少年鍾靜躬身一揖，緩緩回過頭，大步走去，他一直木無表情的面容上，此刻不知怎地，卻已有了一陣難言的扭曲。

伊風目送著他的背影，消失在林木深處，方自長歎道：「想不到蕭無這萬惡的魔頭，竟有個這麼好的徒弟。」

凌琳亦自輕輕歎道：「剛才我只怕你把他殺死。」伊風目光一垂，卻聽她又道：「但我那時又想，你不會是那種人的，到後來……」她竟自緩緩垂下眼：「後來，你果然沒有讓我失望。」

伊風勉強壓制著心中的激動，緩緩回過頭去，卻見凌琳已走到他前面，輕輕從那老人的身上，拾起那節斷指，呆呆地凝注了半晌，輕輕長歎一聲，又撕下了一條衣襟，仔細地將它包了起來，突地抬起頭，筆直地望向伊風，輕輕道：「這個……我替你收起來了。」

伊風緩緩抬起頭，卻又緩緩垂下頭，他不知該說什麼。

卻聽凌琳又道：「我也有一樣東西要送你。」

伊風目光抬處，只見她緩緩伸過玉掌，掌中放的是面象牙的牌子，上面極精緻地雕著三顆心。

伊風心中暗歎一聲，但覺千百種滋味，一齊湧上心頭，亦分不清是悲！是愁！是恨！他勉強擠出一絲笑容，搖頭道：「琳兒，這個——你還是自己收起來吧！」

凌琳秀目一張，「為什麼？」

伊風呆了一呆，強笑道：「你亂送別人東西，你媽媽會罵你的。」

凌琳春蔥般的手掌，仍筆直地伸在伊風面前：「這是師父送給我的，我媽媽怎會罵我？」她秋波一轉：「你在江湖中闖蕩，有了這牌子，也許有用，你看，這上面還有『三心神君』的標記呢！你為什麼不要，是……」

她輕輕地說著，語聲之中，似乎有一種不可描述的憂鬱，就像是不知道多麼怕伊風拒絕她一樣。

伊風又呆了呆，終於緩緩伸過手，接過了這面玉牌，又自強笑道：

「琳兒一定要送給我，我怎會不要呢？」

凌琳秀眉一揚：「你要了就好——喂，我問你，怎麼突然叫我琳兒了——不過，琳兒也很好聽，伊風，你說是不是？」

伊風突地雙眉一皺：「不過你以後不要再叫我伊風了。」

凌琳方自揚起的秀眉，此刻突又顰在一起，惶聲問道：「為什麼，為什麼……你不喜歡我叫你的名字，是不是？」

伊風目光一抬，只見她嬌豔天真的面靨上，此刻竟充滿了悲苦惶急之色，一雙明媚的秋波中，再像是要流下淚來。

一時之間，他只覺心中情思又自大亂，暗歎一聲，口中卻仍強笑道：「沒有什麼，不過——我以後再也不用伊風這個名字了，你……你還是叫我南人好了。」

於是天真而純美的凌琳，立刻又歡悅起來，她嬌美的面靨上，忍不住泛出一絲喜色，悄悄地眨動著她一雙明眸，輕輕道：「南人……南人，這真是一個多麼響亮的名字呀！」她芳心中卻在暗忖：「我知道這名字以後一定會震動武林的！」

第八四章　九煉成鋼

她秋波一抬，只見呂南人正望著手中的三心牙牌出神，似乎在想著什麼，她輕輕說道：「伊——南人，你在想什麼？」

呂南人一愕，道：「我在想，你能找到三心老前輩這種師父，真是幸運得很。」

凌琳眨了眨眼睛：「我告訴你，我還有個師父呢！就是劍先生，本來在終南山，我是拜他老人家為師的，哪知道一下山後，一天晚上，他老人家突然走了，留下一張條子，才要師父先傳我們功夫。」

呂南人道：「那就更好了。」

此刻他心裡不知在想些什麼，說起話來，竟都像是順口道出，但凌琳此刻心中正有著無窮美麗的憧憬，竟什麼也沒有看到！

等到呂南人的目光緩緩移到地上的屍首，他茫然的神色，才為之一變，於是他長歎著將這四具屍身，輕輕地排在一處，只見他們身上，竟各各插著一柄黃金彎刀，有的在脅下，有的在腰畔，但卻俱在要害之處，他不禁暗歎：「這蕭無的武功的確不弱，竟能同時擊中這四個人的要害，只是他手段也太辣了些，唉——我不知道他對如此親近的人怎下得了如此辣手。」

他將這四柄彎刀，一齊謹慎地放入懷裡。

「五月端陽……五月端陽……」他暗中自誓，就在五月端陽這一天，他要將這五柄彎刀，一齊插回蕭無身上。

西梁山上，又多了五處新起的墳墓。

這五處墳墓，是呂南人和凌琳盡了最大的努力，以最快的速度掘好的，因為他們都在擔心著山深處的孫敏和許白。

「媽媽怎地不下來，難道那邊出了什麼事麼？」

凌琳惶急地低語著，一面又輕輕長歎，她自覺自己已成熟了不少，因為她已經歷過悲哀與死亡，她已為人掘過墳墓。

而呂南人的心情呢，自然更是悲哀而沉重的，在這半日之中，他親手埋葬了許多人，他陡然瞭解了生與死之間的分隔，只是一段多麼短暫的距離，尤其令他心中悲哀與憤慨的是：「為什麼該死的人不死，而不該死的人卻偏偏死了。」

風聲吹動著林木，他筆直地跪在這新起的墳墓前，默誦著祝禱的詞句，他雖然從不相信鬼神，但此刻他卻仍不禁為這些死去的英魂祈禱，他祝禱這些為了愛和義而死的人，死後能夠飛升極樂。

然後，他們再次向山上掠去，這時呂南人心中憤怒、悲哀，俱已過去，只覺心中空空蕩蕩的，該想的事情很多，卻一件都想不起來，不該想的事情雖不多，卻件件都在心裡飄來飄去。

他暗歎一聲，偏過頭去，這才發現凌琳跟在他身旁，走得似乎極為吃力，凌琳見他望著自己，嫣然一笑，道：「你功夫可真好，我知道你許久都沒有休息過，也沒有進什麼飲食，可是現在卻一點兒也不累，我……我可真累了。」

呂南人微微一笑，道：「你有如此明師，將來武功還怕不勝我十倍。」心中一動，突地想起她在三心神君處學武已有不少時日，怎地武功卻未見得如何精進！而自己只不過將《天星秘笈》中的武功訣要，粗略地練了一遍，進步卻遠非昔日可比。

「唉，如此看來，這《天星秘笈》果然無愧為武林秘寶了。」

轉念又忖道：「匹夫無罪，懷璧其罪，我身上既有如此武林秘寶，若被人知道，少不了又要惹出多少麻煩，幸好知道此事的人，寥寥無幾，就算劍先生、三心神君以及凌夫人等人，也不會知道我究竟得到此物沒有。但此物卻應是劍先生所有，日後我若見著他老人家，定得將這本秘笈交還於他。」

心念又一轉：「呀——那萬天萍是知道此書落在我手的，方才也許因為事故太多，是以未曾動手，此刻我若走到那裡，他少不得會有強奪，此刻我武功還不是他的敵手，這又該如何是好？」

一念至此，腳步突頓，凌琳往前衝出數步，驚詫地回身問道：「幹什麼呀？」

呂南人強笑一下，道：「突然想起了一件事，是以——」

凌琳秀眉一皺，惶聲道：「你是不想和我一齊走麼？」

呂南人心念數轉，暗歎一聲，忖道：「男子漢大丈夫，當行則行，當止則止，呂南人呀呂南人，你一生行事，機敏有餘，也還正直，但是勇敢卻不足，是以方會有詐死之事，如今竟在蕭無口中落下個話柄。男子漢勝則勝，敗則敗，生則生，死則死，得失之間，本尋常事耳，如今你雖無心負疚，但卻滿身孽債，想那蕭南蘋若非為了你，又何至落到這般狀況，以後你處世行事，若再如此畏首畏尾，休說不能算是個上無愧於天，下無怍於人的大丈夫，你簡直不能算是個人了。」

凌琳見他突然垂首沉思起來，竟沒有回答自己的話，嬌靨之上，突又滿現淒苦之色，幽幽長歎了一聲，輕輕說道：「你要是不願和我——」

哪知她語聲方了，呂南人突地一挺胸膛，軒眉朗聲道：「我自然要陪你去的，只不過有件事，我方才偶然要想想罷了。」

凌琳展顏一笑，垂下頭去，輕輕道：「那就好了，我只怕……」螓首一抬，微掠鬢髮，向前奔走，伊風凝注著她窈窕的身影，呆呆地望了許久，目光之中，忽而滿現憂鬱，忽而又掠過一絲喜色，只見到凌琳又已奔出數丈，回首呼道：「南人，快些嘛。」

他方自定了定神，隨後掠去。

要知道呂南人本是天資絕頂的不世之才，而且生具至性，只是他自幼及長，一帆風順，少年揚名，美眷如花，無論事業、家庭，都成功已極，是以在如此情況中長成的他，便難免少了些剛強勇敢之氣。

直到年前他嬌妻背叛，又被人苦苦欺凌，他這才遭受平生第一次重大的打擊，而在這種打擊之下，他幾乎茫然不知所措，苦思良久，他這才在保定城外詐死，以圖瞞過天爭教的耳目，日後才圖復仇，這種行事，也正如他自己所說，正是機敏有餘，勇氣卻不足。

直到此刻，這些日子來，他可算是飽經憂患，正是所謂「玉不琢，不成器」，艱苦的磨折，各種的打擊，終於使得這一塊本質極佳的柔鐵，鍛成了堅鋼，此刻他突有如此改變，雖也是因為這一日夜來，他所見到的景況太慘，所遭受的刺激太深，但「黃河冰凍，非一日之寒」，他之能有這種改變，卻正也是一點一滴慢慢形成的哩。

生死之念看得一淡，心中便坦坦蕩蕩，得失之念看得一淡，為人便一絲不苟，但要做成這「無畏」兩字，又何嘗容易！

山風撲面而來，甚是強勁，凌琳微顰柳眉，埋怨著道：「呀，我們是逆風而上，難怪這麼吃力。」

呂南人微笑道：「有逆風就有順風，沒有逆風怎會有順風哩？」

凌琳呆了一呆，只覺這兩句話道理真是再簡單也沒有了，但卻又是那麼真實和準確，她輕輕歎了口氣，忖道：「這麼簡單的道理，為什麼人們有時就偏偏不能瞭解哩？」

轉頭望處，只見呂南人英挺逸俊的面目之上，容光煥發，滿現正直堅強的光輝，哪裡有一絲一毫懊喪之色，她忽然瞭解這種堅強磊落的男子，正是世上所有的女子都甘心依靠的，那遠比任何依靠都要安全，於是她又不禁輕輕一笑，撲面而來的山風再強勁，她卻也全部不再放在心上了。

「雖然有風，陽光不也是筆直地照在我身上嗎？」

第八五章　悲喜交集

行入密林，踏上密道。

四下竟靜得出奇，方才妙手許白大笑謾罵的聲音，此刻已全都沒有了，呂南人和凌琳對望一眼，兩人目光中都不禁現出驚疑之色。

再升十數丈，呂南人目光上望，心卻突地向下一沉。

原來他只見那絕壑之邊，此刻竟渺無人跡，妙手許白和孫敏都不知到哪裡去了，只聽凌琳驚呼道：「媽呀！」

窈窕的身軀，發狂似的掠了上去，呂南人心中亦是驚疑不定，但終究定力稍佳，只聽上面似乎隱隱有女子哭泣與勸慰之聲傳來，他心中卻又一凜，暗地尋思道：「難道真應了兩虎相爭，必有一傷那句話，他兩人竟有一人死了不成？」

一念至此，他身形便又加快，霎眼之間，掠至絕頂，只見凌琳發呆地站在絕壑之邊，秋波凝注在絕壑的對岸。

而對岸那邊，那建得巧奪天工的凌空飛亭之中，萬虹正伏在她媽媽身上，兩人相擁痛哭，他們身側佇立著兩個垂髫丫環和不住柔聲勸慰的孫敏，亭畔似乎垂著兩條長索，其長無比，直下絕壑，而那妙手許白與鐵面孤行客萬天萍，此刻卻都不知走到哪裡去了。

凌琳一眼看到母親，芳心已自大定，但她見了對岸飛亭中的情況，卻又驚得不知該如何是好，呆立了半晌，方自怯怯地喊了聲：「媽媽，我在這裡。」

孫敏這才回過頭來，呂南人遠遠望去，只見她面上亦滿含悲戚之色，再見了萬氏母女痛哭的樣子，便知道鐵面孤行客必有不測，只見孫敏長長歎了口氣，似是放心，又似是埋怨：「你們現在才回來呀？」

萬氏母女此刻也齊抬起頭來，萬虹見著呂南人，秀目一張，淚珠更有如湧泉般奪眶而出，奔向亭邊，伸出右手，指向那陰峻冥沉，深不見底的絕壑下面，放聲痛哭著道：「爹爹……和那……姓許的……都……下去了。」

呂南人心頭一震，俯首一望，陽光雖然強烈，但這深沉的絕壑，數十丈下，便冥沉難見。

他不禁為之暗歎一聲，忖道：「想不到這兩個武林奇人之爭，果真是不死不休，但是——唉，他們這卻又是為什麼呢？」

他雖然早已想到這一陰一陽，一柔一剛，一正一反兩個武林奇人，將來了局定必甚慘，但他此刻自己親眼見到這種情況，心中卻仍不禁頗為感傷，長歎低語道：「唉——這兩人天生便是對頭，此刻果然落得這般下場，不知道我與那蕭無賊子，將來又將怎地。」

要知道他自忖本身實力，非但沒有必勝蕭無的把握，而且還似乎居於下風，但心中又不想饒過這等萬惡之人，他與蕭無本已恨深似海，就算他與此人素無仇怨，他又怎能畏縮不前？

一時之間，他心中真是悲人歎己，感慨萬千。

只聽凌琳在身側輕輕道：「我們也過去吧。」

呂南人目光一抬，只見對面飛閣之中，又已拋出兩條彩帶來，這種迎賓的方法，他以前已經歷過一次，是以絲毫不覺驚異，但心念動處，突地想到凌琳方才疲倦的樣子，不禁側首道：「你過得去嗎？」

語氣之中，滿含關切之情，凌琳但覺心頭一暖，哪裡還會將任何危險困難放在心上，嬌笑一聲，身形突地掠起——呂南人心頭一驚，心念動處，再也顧不得別的，身形亦自掠起。

他只全力一掠，當真是快如離弦之箭，耳中只聽得對岸孫敏驚呼之聲，他已一手抄著凌琳的纖腰，一手抄起那條彩帶，但覺彩帶一蕩，他身影已是掠入飛亭，軒目望去，對岸遙陷數丈，下臨無底絕壑，連他自己都不知道方才哪裡有這等勇氣，做出這等危險之事，要知道這種飛渡的方法，全憑一點巧勁，一人已是不易，兩人自然更難，一個不妙，哪裡還有命在。

此刻他仍覺心頭怦然跳動，悄然合起眼，定了定神，只覺凌琳還正伏在他的懷中，不住喘息，一雙纖手，竟緊緊圍著自己的肩頭，他心中一蕩，張開眼來，卻竟正觸著萬虹的一雙眼睛，只見她秋波之中，似怨似恨，似悲似苦，他目光一轉，孫敏正在瞬也不瞬地望著自己。

凌琳此刻也正是驚魂初定，但她伏在這寬闊而堅實的胸膛上，心中卻有說不出的甜蜜和安慰。

她迷濛地合著眼睛，幾乎再也不願睜開，她緊緊抱著他的肩頭，幾乎再也不願放手。

但呂南人此刻已輕輕拍著她的香肩，柔聲低語道：「琳兒，到了。」

凌琳緩緩抬起頭來，嫣然一笑，紅生雙頰「嚶嚀」一聲，轉身撲進她媽媽懷裡，孫敏的目光，慈愛地落到她如雲的柔髮上，心裡頓覺放下了一樁心事，但卻又似乎覺得，像是失落了什麼。

呂南人既不敢接觸到孫敏的目光，更不敢見到萬虹的目光。

他呆呆地愣了半晌，方自沉聲道：「許……萬兩位老前輩怎麼樣了？」

他「許」字已自出口，才想到在這淒苦痛哭著的萬氏母女前面，又怎忍問出妙手許白來。

只見萬夫人茫然搖了搖頭，又自放聲痛哭起來，萬虹失魂落魄地站在那裡，更像是什麼話也沒有聽到。

他乾咳一聲，回過頭去，望向孫敏：「那兩位前輩怎樣了？」

孫敏長歎一聲，還未來得及答話，卻聽凌琳已自在她懷中俏語道：「媽，人家在問你話呢。」

孫敏目光再次溫柔地落在她愛女身上！心中真是悲喜交集。

她見到了這種情形，自然知道她愛女已對呂南人有了極深的情感，這她非但不反對，而且還高興，因為她知道面前這年輕人，是可以付託終身的，但她又怕這僅是她愛女的片面相思，她深知琳兒的脾氣，如果真是這樣，定必造成悲劇。

她又愕了一會，方歎道：「你們早來一步，唉——真想不到世上會有這種冤家。」

她悲哀地歎息了數聲，方道：「剛剛你們走了，我本來也想跟去的，哪知我剛一轉身，那邊我姐夫——萬大哥已走了出來，他看到我，像是一愕，我大姐也出來了，看見我，立刻就呼出聲來，我和大姐已有許多年不見了，上次我來的時候，北修……」

她眼眶一紅，伸手微拭，方自接道：「唉——就在這時候，那姓許的又大罵了起來，我看見萬大哥的面色，鐵青得怕人，大姐不住地說：『你們兩人有什麼冤仇，拚了這麼多年命還不夠嗎？為什麼一定要拚個你死我活？』

「但是萬大哥卻像是根本沒有聽到大姐的話，我看到姓許的和萬大哥你瞪著我，我瞪著你，直像是有殺父深仇的，就也勸道：『許大俠，世上沒有解不開的冤仇，你又何苦如此，冤家宜解不宜結，你為什麼一定要這樣看不開呢？而且兩虎相爭，必有一傷呀。』

「但是……唉，這姓許的眼睛瞪得就像銅鈴一樣，竟也像是根本沒有聽到我說的話。」

呂南人暗歎一聲，心想：「看來自從無量山巔之事發生之後，這兩人的仇恨果真越結越深了。」他突然想起妙手許白大喝一聲「還我血來」的樣子，忍不住心頭一凜，只聽孫敏沉重地歎息著接道：「於是我向對面的萬大哥高呼：『萬大哥！你難道不替大姐和侄女兒想想嗎，你這樣……』

哪知我話還沒有說完，萬大哥突地一抬手，拋出一條彩帶來，那姓許的哈哈大笑著道：『老猴子，果然還有種。』笑聲未了，他人已過去了。」

她輕輕一歎，心裡像是在暗暗讚佩著這「姓許的」武功，但她口中自然不會說出來。

她只是接著道：「我只當那姓許的一過去就要動手，哪知他掠過去後，卻先向已忍不住痛哭起來的大姐當頭一揖，說什麼他和萬大哥實在有不能解的冤仇，今日無論是誰殺了誰，他對大姐都很抱歉，他說：『因為讓一個沒有犯過什麼錯誤的人受罪，的確不對，但這只能怪姓萬的，不能怪我許白。』大姐就問他是什麼仇恨，這麼深，他看了看虹兒，又看了看大姐，搖搖頭，狂笑起來，卻沒有說出。」

呂南人暗歎一聲，忖道：「這『妙手』許白倒真是個堂堂漢子，不願將這種事在人家妻女的面前說出，唉，他雖有柔腸傲骨，但卻少了幾分仁心，是以終究會落得如此下場。」他心念至此，口中竟脫口低語道：「唉——他們的確有著些不可解的仇恨——」

孫敏一愕，道：「難道你知道嗎？」

呂南人目光一轉，只見人人都在望著自己，他不禁暗罵自己糊塗，怎地將這等事漏口出來，沉吟半晌，搖頭說道：「我這不過是猜想而已——後來呢？」

他巧妙地用「後來呢」三個字，將話題轉開。

孫敏便又接道：「萬大哥面色鐵青，一聲不響地望著他，直到他說完了，萬大哥才說：『你不必廢話，我既然將你接過，自然要一拚生死。』那姓許的哈哈大笑道：『只是我兩人要分出勝負，還不大容易，老猴——』」

她突然想起自己怎麼能將人家罵自己姐夫的話原封不動地說出來？語聲倏然一頓，凌琳聽得正是出神，見她突然停住，仰首道：「他們後來到底是怎樣拚鬥的，難道他們一齊跳下去了麼？」

第八六章　魂驚絕壑

只見孫敏責備地拍了拍她愛女的肩頭，也在暗怪她愛女說話的莽撞，而萬虹的一對目光，卻也正冰冷地望在凌琳身上。

呂南人目光動處，突地心頭一動，只覺得這萬虹的目光，此刻竟和她爹爹一模一樣，一時之間，鐵面孤行客那冰冷的面容、狠毒的神色，似乎又從他心中閃過，他不禁為之暗中一凜，對這少女，竟不知不覺起了三分畏懼防範之心，因為他深刻地瞭解，這種目光的含意是表示著什麼。

卻聽孫敏語聲微頓後，又自接道：「那姓許的還說：『我兩人數十年來，雖然總想一決生死，但總是半途而廢，今日我看倒不如大家都站著不動，各各讓對方打三拳，那麼——』他話未說完，萬大哥就冷冷問他：『誰先打？』他愕了一愕，也說不出話來。」

呂南人忖道：「這兩人功力相當，無論誰先動手，對方都無法招架得住，若是讓萬天萍先擊一掌，許白縱然不死，只怕也無法出手還擊了。唉——萬天萍這一問，當真是問得叫人無言可對！」

孫敏又自接道：「他們兩人對望了半晌，我見到萬大哥面上的神情越發難看，心裡真害怕極了，忍不住又勸他們，哪知道萬大哥突地一掠回身，跑到後面去，姓許的張口像是又想喝罵，但卻又忍住。

「轉眼之間，萬大哥果然已跑了回來，雙手捧著一大捆粗索，幾乎把他整個人都擋住了，我一生之中都沒有見過這麼多繩子，姓許的也很奇怪，就問道：『老……你幹什麼？』萬大哥一言不發，將那堆繩子『砰』地放在地上，突地從懷中拿了一塊黑鐵出來，在姓許的面前一揚——」

呂南人心頭一震，忍不住脫口道：「璇光寶儀！」

孫敏呆了一呆，道：「你怎也知道！」

呂南人不禁又無法回答，凌琳秋波一轉，偷偷望了他一眼，輕聲道：「媽，你說下去嘛。」

孫敏俯首沉吟半晌，輕輕長歎一聲，目光抬處，望向呂南人，但終於又自緩緩接著說著：「那果然是璇光寶儀，姓許的見了，也脫口大呼起來，萬大哥臉上卻沒有一絲一毫表情，突地伸手一拋，竟將這稀世奇珍拋到這深不見底的絕壑裡去了，姓許的又大吃了一驚，還以為萬大哥瘋了，大喝一聲：『你幹什麼。』跑到欄杆邊，俯首下望，那璇光寶儀一落千丈，哪裡還有影子，而且他俯首望了許久，竟連一點落地的聲音都沒有。」

她歎息一聲，又道：「過了半晌，萬大哥才緩緩道：『你我兩人，到這下面去，誰找著此物，便是誰勝。』萬大哥說話總是這麼簡短，但我們聽了，卻不禁都嚇了一跳，那姓許的也像是為之一驚，但立刻又縱聲狂笑起來，連連道：『好辦法，我們這一次，大約總有一人會死了。』萬大哥卻冷冷道：『說不定你我兩人，誰也不用想活著回來了。』」

呂南人不禁倒抽一口涼氣，凌琳卻嬌喚一聲，輕輕道：「這又何苦！」

孫敏歎道：「那時候我們聽了他的話，都嚇得說不出話來，大姐更是哭得傷心，那姓許的就說：『繩子倒不少。』萬大哥說：『一人一半，緣繩下去。』拿起繩子，分成兩半，道：『你先挑。』姓許的看也不看，就拿了一段，道：『長倒很長，只是不知道能不能到底。』萬大哥冷冷道：『我也不知道，說不定離底還有千百丈。』那姓許的哈哈大笑道：『如是這樣，那你我兩人，當真是誰也不要想活著回來了。』」

凌琳忍不住輕輕歎道：「真奇怪，他們為什麼都不怕死？」

她年紀還輕，尚不知道人們為了許多種原因，都會將生死之事看很淡——那就是深切的愛和恨、仁和義，以及爭取自由的力量。

孫敏目光一轉，像是想責備她愛女的插口，但卻又輕歎一聲，仍然接著道：「那時候姓許的狂笑之聲，和大姐的痛哭之聲，使我忍不住激靈靈打了個寒噤，那姓許的卻大笑道：『要走現在就走。』萬大哥道：『正是。』兩人一齊將繩頭拋了下去，將另一頭牢牢結住在一棵大樹上，那時大姐和虹兒忍不住跳起來，抱著大哥，大哥心裡想必也難受得很，但卻冷冷道：『我又不一定會死，哭什麼。』一把將大姐推開，大姐竟被他推倒在地上。」

呂南人苦歎一聲，忍不住勸慰道：「這絕壑雖深，但有這麼長的繩索可以攀緣，再加上他兩人有如此武功，依小可之見，說不定他兩人此番都能生還也未可知。」

他說的雖大半是勸慰之言，其實卻也有幾分道理。

但孫敏卻長歎道：「按照常理來說，這當然可能，但他們兩人如此仇恨，在這種時候，當然會彼此各下毒手，又怎會讓對方安穩地緣繩而下呢？」

呂南人長歎著垂下頭去。

孫敏又道：「在那種情況下，誰也無法阻止他們。姓許的走到欄杆邊，忽然又退了回來，連聲道：『不行，不行。』我心裡一喜，還當他不願和萬大哥真的一拚生死，大姐也痛哭著求他，哪知他卻道：『你我兩人，一齊下去了吧，上面的人，若是將我的繩索割斷，那我豈非是白白送了性命。』」

呂南人忖道：「唉——這兩人不但武功相若，心計卻也相當，唉——上天既生了鐵面孤行客萬天萍，為何又偏偏要再生個『妙手』許白呢？」

孫敏接道：「我聽了就趕緊連聲稱是，勸他們另外想辦法，我雖然知道勸他們不住，只望他們能拖些時間，哪知萬大哥卻冷冷道：『那麼叫他們全到裡面去好了，他們便無法知道哪條繩索是你的。』這時候叫——唉……」

她本想說：「這時候我看到大姐面上露出一絲喜色，我心裡也想，我們進去了，難道不能出來嗎？難道我們就不能偷看你是從哪條繩索攀緣下去的嗎？」

但是這後面半段話，她卻沒有說出來，她只是輕歎一聲，道：「那姓許的聽了大哥的話，突地又大笑起來，大笑聲中，身形突地滴溜溜一轉，我方自一愕，只覺脅下一麻，已被他點中了穴道，大姐、虹兒和丫環們也都全被他點了穴道，萬大哥卻動也不動地站在那裡，更不阻止，那時我心裡真奇怪，卻又不禁對那姓許的這麼快的身手所驚——」

她語聲未了，卻聽呂南人歎道：「萬老前輩沒有阻止，那只是因為他早已料到許白此舉的用意而已。」其實此刻他自己心中，又何嘗沒有猜出許白的用意呢？

第八七章　生死誰知

孫敏眼簾一垂，頷首道：「唉，你猜得也不錯。那姓許的在片刻之間，點住了數人的穴道，方自道：『我手下自有分寸，這些人穴道雖被我點住，但我擔保他們身體不至受損，而且一個時辰後，穴道自解。』萬大哥只冷笑一聲，道：『我知道。』姓許的大聲笑道：『對，對，你若是不知道，又怎會容得我動手？』

「唉——這兩人當真是棋逢敵手，只可惜為什麼要這麼生死相爭呢？」

她茫然轉動著目光，眼中像是又看到了當時的情景。

「我眼睜睜地看著他們一人一邊，掠了下來，不但無法阻止，竟連聲音都無法發出——」

凌琳突然插言道：「有朝一日，我若遇著那姓許的，一定要點上他的穴道，讓他也嘗嘗滋味。」

孫敏柳眉一皺，正待呵責，卻聽萬虹突地冷哼一聲，意示不屑，孫敏不禁大奇，忖道：「琳兒這是幫你們說話，你為什麼要如此對待於她？」

但是她目光一轉，見到呂南人的雙眉緊皺，似是頗為擔心，她心中一動，突地恍然大悟，暗中尋思：「原來虹兒也愛上了他，這卻怎生是好？」口中卻輕叱道：「少插口，莫要惹人笑話。」

凌琳明眸一轉，像是又想說點什麼，但呂南人卻已道：「後來呢？」

凌琳輕輕一咬櫻唇，竟將口邊的話忍了回去，孫敏輕歎一聲道：

「他們兩人身形都快，我眼前一花，他們已都沒了影子，我心裡著急得簡直無法形容，只聽得到處都是『怦怦』心跳的聲音，我知道大家都在著急，哪知過了一會，那姓許的突然大喝一聲：『你好……』聲音隱隱從下面傳上之後，就再也沒有聲音，我的心卻跳得更厲害了，心想：莫非他已死了？」

呂南人暗歎：「想來又是那萬天萍出手暗算，唉——在這種情況下，許白當真是難以躲避。」

心念一轉，目光一掃萬氏母女，又奇道：「既是如此，那萬天萍想必無事，她兩人都又哭些什麼？」

卻聽孫敏又自歎道：「哪知我念頭還沒有轉完，下面卻又隱隱傳來萬大哥呼喝聲音，接著又是那姓許的笑聲和叱聲，沒有多久，兩人突然同時大喝一聲——唉，以後就真的再也沒有任何聲音了。」

呂南人心頭一寒，只聽孫敏話說完了，飛閣之中，竟也是再無其他聲音，只聽得呼吸之聲，此起彼落。

他默然歎息半晌，忍不住又自勸慰道：「生死由命——唉，他兩人俱是一身絕技，一生之中，都不知經過多少件凶險之事，此次說不定亦能化險為夷亦未可知——」

他話聲未了，本已停住哭聲的萬氏母女，突又放聲大哭起來，呂南人訥訥地方待再說兩句勸慰之言，哪知萬夫人突地「噗」的一聲，向他跪了下來，一把拉著他的衣襟，呂南人一驚忙道：「夫人……你這是幹什麼？」

萬夫人竟哀哭道：「你救救他們……你救救他們……」

呂南人茫然不知所措，惶聲道：「小可只要能之所及，唉……」

萬夫人哀哭著道：「我知道你武功很高，你下去看看……他……他死了沒有？」

呂南人一愕，卻聽她又道：「虹兒，你也跪下來……妹子，你也幫我求求他……我……這麼多年，我……」

「噗」的一聲，萬虹也跪了下來。

呂南人滿耳都是哀求之聲，滿心俱是惶然之情，此情此景，他怎能斷然拒絕這放聲哀哭著的婦人，但他又怎能答應？

只聽萬夫人痛哭著又道：「這麼多年……我和天萍……一共才只有短短幾個月的時間在一起。如今……就算他死了，你……你也要把他的屍首……給我，你……妹子，你求求他……虹兒……你求求他……你為什麼這麼狠心？」

她突然轉向孫敏，又道：「妹子，你求求他……」放聲痛哭不已。

孫敏此刻卻已為之驚愕住了，訥訥道：「伊風……你……」

她和萬夫人雖然姐妹關心，但她卻又怎能向別人提出如此之不近情理的要求，何況此人還是她愛女的心上之人，萬虹亦自哀哀地痛哭著，膝行到呂南人面前，痛哭著道：「我對你，我對你……你知不知道……我知道你的功夫……」

萬夫人立刻接口道：「你一個人下去絕對不會有事的，你……」

呂南人悄然合上眼，突又張開，一言不發地掠到欄旁，抓起一條粗繩，手掌切下，斬為兩段，雙手交傳，將這條粗繩垂在下面的部分，提了上來，孫敏圓睜雙眸，吃驚地望著他。凌琳卻已花容失色，一個箭步，躥到他身旁，惶聲道：「你……你要幹什麼？」

呂南人目光凝注著自己的手掌，緩緩道：「我將這條繩子拿上來，帶在身旁，若是那條繩子不夠長，我就把它接上去，知道了嗎？」

他話未說完，凌琳的一雙眼睛，已瑩然有了淚光。

「你……要……下……去！」她的聲音，已開始顫抖起來。

呂南人目光瞬也不瞬，仍自圈著繩索，口中緩緩說道：「我下去看看，不會有事的。」

凌琳一把拉著他臂膀，惶聲大叫道：「你這是幹什麼，你你……人家對你……」

他話未了，萬夫人已和聲撲了上去，一把抱住她的纖腰，哭罵道：「你真沒有良心，你知不知道天萍是你姨父，他……他是……」

孫敏呆呆地站在旁邊，心中紊亂如麻，此時此刻，她正是方寸大亂，左右為難，不知怎生是好。

凌琳亦自哭叫著：「你放手，你對人家怎麼樣，為什麼要叫人家也陪你丈夫一齊死……」

孫敏輕歎道：「琳兒，住嘴。」但她聲音說得不大，何況她即使聲音真大，凌琳卻也不會聽到。

哪知呂南人突地厲叱一聲：「住嘴！」這輕輕一聲呼叱，卻像是有著什麼魔力似的，使得哭聲都微弱了下來，他緩緩轉過身軀，面向萬夫人，緩緩說道：「請你放開手。」

萬夫人只覺他目光之中，像是有著什麼令人不能不懾服的力量，不由自主地鬆開手掌退後一步，垂首而立。

呂南人緩緩伸出手來，輕輕撫摸著凌琳的如雲秀髮，柔聲道：「琳兒，你願不願意我是一個勇敢的人？」

凌琳無言地流著淚珠，無言地點著頭。

呂南人緩緩又道：「那麼，你總不會願意我為了危險和困難，就不去幫助別人吧？你要知道，助人是不論親疏的，路見不平，尚且要拔刀相助，即使那人是你的敵人，但是他若真的需要你的幫助，你就該伸手，何況是救人，那你就更沒有選擇的餘地。現在萬大俠和許大俠的生死，誰也不知道，我下去了，可能會將他們救活。」

他一面說著，凌琳一面流著眼淚，孫敏也不禁黯然流淚，說到這裡，凌琳再也忍不住，又放聲痛哭了起來，痛哭著道：「但是……你自己呢……你難道不想想你自己，你……到底為了什麼，難道……難道你是為了那女孩子？」

她一面說話，一面回過頭，顫抖著伸出玉掌，指著那仍然跪在地上的萬虹，萬虹目光一抬，面上突又掠過一絲憤恨怨毒之色，狠狠瞪了凌琳兩眼，便又垂下頭去，但此刻人人心中俱是紊亂如麻，自然誰也沒有留意到她這一瞥中的恨意。

第八八章　蒼天無語

呂南人劍眉一軒，微有怒意，但瞬即長歎一聲，緩緩道：「傻孩子，你怎麼能這樣說，我怎麼為了她做這種事，你知道，除了又純潔，又天真，又溫柔……」

他緩緩說著，目光中似又泛過蕭南蘋的身影，於是他長歎一聲，方自接道：「又仁慈……像你這樣孩子，我會為她們冒險之外，其他的我不會！唉，你要知道，我這麼做，不是為人，是為了事，我覺得該做這樣事，所以我就做了。假如我覺得這件事是不該做的，那麼就沒有一個人能強迫我。傻孩子，知道嗎？來，點點頭，讓我下去，哎！對了，點點頭，讓我下去，然後再乖乖地等著我回來，我一定會回來的，相信嗎？」

凌琳不斷地點著頭，但是她的淚珠已灑滿了她自己衣裳，也已灑滿了呂南人的衣裳。

孫敏慢慢走過來，這堅強的婦人，此刻亦自淚流滿面。

她輕輕啜泣著道：「伊風，你……你多珍重，小心些……」

伊風點了點頭，將那一圈已經圈好了的繩索，小心地繫在腰上，然後轉動一下身軀，試試身手是否仍自靈便，然後他突然道：「叫我南人，我叫呂南人，從此，世上再也沒有伊風這個人了。」

語聲一了，他倏然轉身，閃電般緣索而下，強忍著不再向上望一眼。

但，他無法使他耳中聽不到上面傳下的叮嚀和痛哭聲，他自嘲地苦笑：「到底是女子。」又堅強地告訴自己：「我又怎會死哩，下面再危險，但只要有這條繩索可以依附，我還怕什麼，我一定會再上來的，那時她們就都會笑了。」

漸漸……上面的哭泣聲越來越微弱，甚至聽不見了。

漸漸……山勢更險峻了起來，這壁立千尋的壁上，石牙怪立，又滿生著青苔，偶然也有一些不知名的樹木，從石縫中生出，而且越往下面，越為險峻，他甚至不敢再往下看一眼，只是謹慎而緩慢地往下面移動著。

突地——他心中一動，想起了一件事……哪知——他這念頭方自升起，手掌突地一輕，全身顯然失卻了可以依附之物，無助地向那深不見底，陰沉幽暗的絕望中落了下去。

他不由得驚呼一聲，心中閃電般閃過一個念頭：「這繩索怎會斷的？」目光動處，見到山壁上似乎有個洞穴，他想伸手攀住，但是，他的身形卻已一無憑藉地落了下去……落了下去……落了下去！

奇怪，這繩索怎會斷的！

凌琳悲切地伏在欄杆上，望著呂南人越來越小的身影，她再也忍不住，翻身撲在她媽媽身上，又自放聲痛哭了起來。

孫敏憐愛地撫著她柔軟的背脊，良久良久，柔聲歎道：「乖孩子，不要哭，他會回來的，他不是對你說過了嗎？」

她勉強在自己亦是淚流滿面的臉上，擠出一個笑容：「你難道不相信他嗎？他會平安的。」

凌琳抬起頭，抽泣著道：「他真的會平安嗎？」

孫敏忍住淚，微笑著道：「他不但會平安地回來，而且還會帶回你的姨父，而且——你在幹什麼？你瘋了嗎？」

凌琳正沉醉在她媽媽的甜蜜的言語之中，突地聽到她媽媽厲聲大喝起來，她方自一愕，接著又是呂南人的一聲慘呼，自蟄下傳來。

她驚慌失措地抬起頭，只見她媽媽木然而立，面色慘變，望著身後——她大喝一聲，回過頭去，萬虹正滿面帶著狠毒的笑容，站在欄杆旁邊，而欄杆之上的繩索，卻已剩下短短一尺！

剎那之間，她只覺天旋地轉，什麼事也不知道，什麼話也不會說……

萬虹突然淒厲地狂笑起來：「我要他死，大家都得不到……哈哈，大家都得不到！」

她淒厲地狂笑，淒厲地狂喊著，就連她媽媽，也被她驚得圓睜雙目，癡癡地望著她，口中喃喃說道：「瘋了……瘋了……」

萬虹淒厲地呼喊：「瘋了……瘋了……」

漸漸——狂笑變成狂哭，她突然伸出手掌，抓扯著自己的面靨。

突地——凌琳大喝一聲，向她撲了過去：「你好狠，你好狠，我要殺死你，我要殺死你……」

她竟也發狂地呼喊著，發狂地在萬虹身上、頭上……擊打著，只是她此刻心痛如絞，心亂如麻，竟似已忘了使出內家真力，而使出女性最原始的武器，她竟也用指甲在萬虹身上、頭上抓扯著，孫敏，這堅強的婦人，此刻又再一次發揮了她堅強的神志。

因為此刻這其間只有她一人的神志較為清醒些，她一步躍了過去，抱著她愛女的雙臂，連聲道：「琳兒，清醒些……琳兒，清醒些……」

萬虹瘋狂了似的跑到飛閣上去，凌琳也發狂了似的要追過去。

但是她媽媽卻全力抱著她，她的心活像中了亂箭似的，點點滴滴地滴出血來，她狂喊著：「你們好狠……他為你們下去了……你們卻害死了他！」

漸漸——她呼聲也微弱了，她只覺耳旁什麼聲音都微弱了下來——包括她自己的狂呼，終於，她什麼聲音都不再能聽到。

她暈了過去。

太突然的刺激，太深切的痛苦，使得這純真的女孩子，終於暈了過去。

等到她醒來的時候，太陽已經下山了。

她緩緩張開眼，漫山的夕陽，正燦爛地映照在她臉上，四面風吹林木，草映夕陽，她此刻竟是置身在一處樹林中的一方青石上。

「我怎會到這裡來了？」

在這剎那之間，她腦海中是一片空白，她當然不會知道她媽媽怎樣離開了那凌空飛閣，怎麼謹慎地帶著她從一條特製的雲梯上，渡過那深沉的絕壑，穿過那濃密的叢林，來到這裡。

在這剎那之間，她甚至也不記得她暈厥之前所發生的事。

但是，轉念之間，所有的一切事，卻都像怒潮似的湧到她心房，她痛苦地呻吟一聲，想掙扎著站起來，但是一雙臂膀立刻溫柔地擁住她，於是，她發現自己此刻仍然是躺在她慈母懷裡！

於是，她忍不住又撲向這溫暖的懷抱，放聲痛哭了起來。

「媽媽，是她們害死了他，她們害死了他……我要為他報仇，我一定要為他報仇的！」她痛哭著，呼喊著。辛苦了，疲倦了，也傷心了的孫敏，無言地擁抱著她，此時此刻，她又能說什麼？

呂南人，這個年輕人也是她深深喜歡著的，這年輕人若是死了，她也會傷心、難受，她記得上次這年輕人為了自己的女兒，受了重傷，她是如何地擔心，是如何地照顧他，甚至比擔心她女兒，照顧她女兒還要深厚多了。後來，僥倖他能遇著奇人，不但傷勢好轉，還有奇遇。

但此刻，他終於死了，是為了她姐姐死的，她心裡能不難受？她口中喃喃地安慰著她的愛女，她的心，卻在絞痛著。

她想問蒼天，對這勇敢而正直的熱血少年，為什麼這樣殘酷。

但是夕陽雖仍輝煌，蒼天卻永無語，只有她的愛女的悲泣，混合在嗚咽著的晚風裡，大地，已又將被黑衣籠罩！人們，也又將在黑暗中安息，但是，她心中暗想，呂南人，是永遠會活在她心裡的，不但活在她心裡，還會活在許多人心裡，你說是嗎？

那麼，讓我悄悄地告訴你……

第八九章　玄冰烈火

那麼，讓我悄悄地告訴你……

就在這暴風依依，夕陽如火，靜靜的初春黃昏，就在孫敏與凌琳這一雙歷盡滄桑的母女，正自無言地相對擁泣的時候。

樹林外，崎嶇的山道上，一個沉默而安詳的少年，正用他那一雙清澈而明亮的目光，靜靜地自掩映的林木中，望著她們，猶帶料峭之意的初春暮風，捲起了灰砂與塵土，捲在他那身淡黃色的衣衫上，他的目光，卻絲毫沒有轉動一下！

漸漸地——這清澈而明亮的目光，輕輕地蒙上了一層曚曨的迷惘，穿過這層迷惘，翠綠的小林，淡黃的塵土，似乎全都變成了一片輕盈的粉紅，而這一片粉紅中的兩條人影，射出了聖潔的光芒。

於是他茫然開始移動著自己的腳步，輕微而緩慢地向她們走去，哭泣的聲音逐漸微弱，而他心跳的聲音，卻逐漸加響。孫敏柳眉輕顰，突地轉身低叱：「是誰！」

移動著的少年倏然頓住腳步，他的心房雖然跳動得那麼急遽，他的目光中雖已流露出太多的熱情，但是……他的面容卻仍然是安詳而沉靜的，清晰分明的輪廓與線條，就像是上古的智者，在堅硬的花崗石上雕成的石像！

在滿天嫣紅的夕陽下，凌琳抽泣著抬起頭來，秋波一轉。

「是你！」

她抹去了面上的淚痕，脫口驚呼了出來。

這少年明亮的目光中，突地又閃過一絲更明亮的光芒，沉重的心房跳動似乎也因著她仍然沒有忘卻自己，而輕盈地飛揚起來。

他緩緩彎下腰，躬身一禮：「小可鍾靜，無意闖來此間，如夫人不嫌冒昧，小可不敢請問夫人，是否可有容小可效勞之處？」

他雖是在向孫敏說話，但目光卻仍停留在凌琳身上。

孫敏呆呆地望著這少年，她此刻已知道他與自己的愛女是相識的，但何時相識？如何相識？她卻一點也不知道，於是這飽經憂患的母親，便難免為自己天真的女兒擔心，擔心之外，又有些奇怪，對這少年安詳的舉止，沉靜的面容，她並無絲毫擔心、奇怪之處，但是他這一雙眼睛中灼人的火焰，即使她擔心而奇怪。

已經渡過了生命中大半絢爛歲月的孫敏，可說真的是涉世已深了，而且天生她就有一種超於常人的鎮靜，也有一雙洞悉世人的目光，可是她卻從未想到過一個如此安詳沉默的少年，竟會有此灼人的目光，這正如終年萬載玄冰下掩覆的火山，此刻已因一個突如其來的變故與激動而裂開了一絲缺口，於是被抑制得太久了的火焰，便不能自禁地從這缺口中噴出了火花！

雖然她知道向兩個在深山林木中哭泣的婦女伸出援手，正是行俠江湖，仗義人間的遊俠豪傑所應有的本分，但是這少年一雙灼人的目光，卻使她愣了半晌，不知該如何回答他這份善意的詢問。

鍾靜筆直地佇立著，卻絲毫未因她沒有回答自己的話而不安，他緊閉著嘴唇，閃動著目光。

哪知凌琳卻突地輕歎一聲，緩緩道：「你來得正好，我正要找你！」

孫敏心頭一跳，開始驚異，不知道她的愛女怎會突地說出這句話來。

卻見鍾靜安詳沉靜的面容，亦不禁為之輕微地扭動了一下。

「姑娘有何吩咐？小可無不從命。」語聲緩慢低沉，卻顯然是在極困難地克制著。

孫敏伸出手掌，握住了她愛女的柔荑，她不願愛女再說出任何一句足以令她驚異的話來，就像方才所說的那句話一樣。

卻聽凌琳又自幽幽長歎一聲，道：「你方才交給南……鐵戟溫侯呂大俠那張字柬，上面寫的是什麼，你可知道嗎？」

鍾靜鋼牙微咬，沉聲道：「家師雖命小可將字柬交給呂大俠，上面的字跡，小可卻未嘗得見！」

凌琳眼一合，晶瑩的淚珠，便又奪眶而出，卻聽鍾靜緩緩又道：「姑娘如此傷心，難道是呂大俠已不辭而別了麼？」

凌琳啜泣著，點了點頭，鍾靜緩緩轉過目光，出神地凝視著從林隙漏下的一片散碎的夕陽影子，緩緩道：「姑娘若是想尋訪呂大俠，在五月端陽，至嘉興南湖煙雨樓頭一行，便可尋得呂大俠的俠蹤。」

凌琳倏然張開眼來：「真的？」

夕陽的光影，映出了鍾靜眼中輕紅色的迷惘，似乎已轉變成一片淡灰的矇矓，但是他的目光，卻仍未轉動，只是緩緩接道：「五月端陽，乃是家師與呂大俠約見晤會之時，呂大俠萬無不去之理，姑娘但請放心好了。」

凌琳悄然閉起眼睛，喃喃道：「五月端陽……南湖煙雨樓頭……他一定會去的，一定會去的……媽……我也一定要去。」

孫敏暗中長歎一聲，她深切地瞭解她女兒，正如她深切地瞭解她自己衣上的褶痕一樣，她知道她女兒此刻雖然傷心，卻未絕望。

相愛著的人，永遠不會相信被自己所愛的人真的死了，除她能親眼看到他已無生息的軀體，親手撫摸到他冰涼的肌膚……而凌琳，正是這樣，她深信呂南人會奇蹟般地從那絕壑中逃出來，奇蹟般地出現在她眼前。

孫敏忍不住沉重地歎息著道：「琳兒，他不會去的！」

這短短五個字，從不忍使愛女傷心的母親口中說出，真是件困難的事，鍾靜目光一轉，閃電般回到凌琳身上，像是想問：「為什麼？」

卻見凌琳只是緩緩搖了搖頭，輕輕道：「他會去的……他不會死，像他那樣的人若是死了，老天爺不是太不公平了嗎？你說是嗎？你說是嗎？」

她第一句「你說是嗎？」是問她的母親，第二句「你說是嗎？」卻是問向鍾靜。

當她那雙淚痕未乾的秋波轉向鍾靜的時候，他立刻小心翼翼地避開了她的目光，因為此刻他的眼中，有著太多她永遠不該看到，他也永遠不願讓她看到的事，但是他仍忍不住脫口問道：「二位如此說來，難道呂大俠已遇著什麼不測之禍麼？」

凌琳又自不可抑止地啜泣起來，孫敏卻悲傷地點了點頭，直到此刻為止，她還不知道這少年是誰，更不知道他就是自己仇人蕭無的弟子。

她只是輕歎著道：「南人確已遇著了不幸之事，只怕……只怕……唉！能夠活命的希望不多，希望你回去轉告令師，端陽之會，他只怕……唉！已經不能赴約了！」

鍾靜目光一轉，呆呆地愣了半晌，突地長歎一聲，緩緩道：「想不到呂大俠今生竟然無法見到家師了！唉！想來呂大俠雖死亦難瞑目，這真的是天有不測風雲，人有旦夕禍福。今日清晨，弟子方自見到呂大俠，卻想不到他此刻已然……」

語未了，凌琳突地一躍而起，一把抓著她母親的衣襟，痛哭著道：「媽！我們到……南湖煙雨樓去……」

孫敏歎息著，慈祥地拍著她愛女的手掌，她不忍再說令她愛女絕望的話，但是她卻又不能不說，任何一個人，無論他的武功多高，若是墜入那深不見底的絕壑中去，活命的希望，當真比泰山石爛，北海水枯的機會還要少些。

於是她沉重地說道：「傻孩子，人生不是神話故事，也沒有神話故事那麼美麗。人生是殘酷的。事實更殘酷。假如我們都是活在虛幻的神話故事中，我一定陪你到南湖去，因為只有在神話故事裡，死去的人，才能復生。傻孩子，現在你難道還想不明白嗎？」

鍾靜出神地聽著，他一生之中，從未聽過如此溫柔的語句，更未想到，在如此溫柔的語句中，竟會包含這麼多深邃的人生哲理。

「人生是殘酷的，事實更殘酷，唉……為什麼人生這麼殘酷，讓我偏偏會……」

他玄思未絕，卻聽凌琳又自哭喊道：「他一定會去的，他就是死了，他的鬼魂也會去，我知道，他的鬼魂也一定會到煙雨樓去，將那萬惡的蕭無殺死！」

孫敏全身一凜，脫口道：「蕭無！」

她手掌緊緊握了起來，溫柔慈祥的眼波，突地滿現怨毒之色。

她緩緩站了起來，緩緩望向鍾靜，這滿含怨毒的目光，像是一柄利刃，筆直地戳進鍾靜的心房裡。

他只覺一陣徹骨的寒意，霎眼之間，便已佈滿他的全身。

於是他垂下目光，一字一字地說道：「不錯！家師正是天爭教主蕭無。」

每說一字，他只感覺到那冰冷怨毒的目光，便像是又在他心房中戳了一刀。他開始知道這一雙母女，必定也和自己的師父有著仇恨，而且是非常深刻的仇恨！

他痛苦地在心裡呼喊：「人生為什麼那麼殘酷？為什麼偏偏會讓我遇著了她？」

孫敏的目光，像是要看穿這少年的心底深處似的，瞬也不瞬地望著他。

他卻動也不動。夕陽的影子淡了，漫天晚霞，也由絢爛歸於平淡，沉重的暮色，悄悄地滑進了山林，爬上他的面頰，蒼白的面色，在黑暗中更見蒼白，灰黯的目光，在黑暗中自也更加灰黯了。

也不知過了多久。

孫敏突地長歎一聲，緩緩道：「我不怪你，我不怪你……任何一個人的事，都和其他的人無關，你雖然是蕭無的弟子，但一切卻和你沒有關係，你，你……你快走吧！」

鍾靜微微遲疑一下，終於長歎一聲，道：「上代恩仇，不涉下代，夫人之心胸，當真是小可生平僅見，無論家師與夫人恩仇如何了結，也無論小可身在何方，小可永遠會以心香一瓣，遙祝夫人健康。呂大俠之不幸，小可亦是悲慽良深，呂大俠在天之靈，想必能深知小可心意，只恨小可今生已……」

語聲未了，突地長歎一聲，躬身一揖，轉身而去，僅存一線的殘霞，將他的身影長長地映在地上，就像是他心裡的悲哀一樣沉重！

第九十章　循循善誘

孫敏的目光，跟隨著這頎長的身影，她心裡突地加了一份新起的悲哀，而她深知這份悲哀並非為了自己，亦非為了別人，卻是為了這已被命運的長線緊縛住不能動彈的少年。

回過頭，她發覺凌琳帶淚的眼睛，也望在這少年沉重的背影上。

在這一瞬間，她忽然覺得她有一種將這少年自邪惡之中拯救出來的必要，對於生命，她一直瞭解得最深刻，為了她的愛女，也為了復仇，她沒有被悲哀葬送，反而堅強地活到現在。

而現在，她又發覺，生命的意義雖有許多，但創造宇宙間繼起的生命，卻是這許多意義中最最重要的一個！

「對人類來說，拯救一個善良的靈魂，一定要比誅殺一個邪惡的生命還要意義重大得多！」

她喃喃地低語著，突地抬頭喊道：「你——回來！」

鍾靜腳步一頓，緩緩回過頭來，面色依然是沉靜的，因為沒有人能從他面上看出他心裡的喜悅。

他愣了半晌，確定了這句話的確是對自己說的，於是便走回孫敏的身前，沒有說話，因為他知道沉默有時也會和詢問一樣。

孫敏目光一轉，沉聲問道：「你跟著蕭無有多久了？」

鍾靜垂首道：「小可幼遭孤露，即蒙家師收留，性命血骨，皆是家師所賜。」

他自然知道這慈祥的夫人向自己問這句話的含意，而孫敏何嘗聽不出他回答自己言語中的含意。

她長長歎息了一聲，道：「你知不知道有許多人也和你一樣，幼遭孤露，而他們的父母，卻是被蕭無殺死的？」

鍾靜垂首不語。

孫敏又自緩緩歎道：「人們立世處身，對於善惡之分，總應該要比恩仇之別看得重些！我知道你很善良，也很聰明，應該聽得出我語中的意思！」

鍾靜的頭垂得更低了。

孫敏目光再一轉，眼睛中已有了晶瑩的淚光，她沉聲接著道：「先夫凌北修，一生急人之難，而且只要聽到人間有不平的事，他立刻會振臂而起，但是……他也被蕭無害死了，害他的人，若是為了正義，為了道德，我心裡雖然難受，但是絕不會為他復仇。他這樣被惡人害死，我心裡除了難受之外，還有憤恨，我要向蕭無復仇，並不是為了先夫一人，而是為了世上所有善良的人，這些，我想你也該知道！」

鍾靜合上眼，長久，突地長歎一聲，緩緩說道：「夫人命小可回轉，若只是為了說這些話，小可便要告辭了。」

又自開始啜泣的凌琳，目光倏然一抬，像是想說什麼，卻被孫敏阻止了，她只是緩緩問道：「你要到哪裡去？」

鍾靜直到此刻，還沒有抬起目光，因為不敢面對這正直而溫柔，嚴峻而慈祥的婦人，他垂著頭沉聲答道：「小可徑赴嘉興，向家師覆命！」

孫敏默然半晌，突地輕輕拍著凌琳的手掌，緩慢但卻堅定地說道：「我們也到嘉興去！」

凌琳反身捉住她母親的手掌，像是在表示對她母親的感激，而她心裡卻在暗中呼喊：「他不會死的……他會到南湖煙雨樓去的。」

這希望使她抬起頭來，仰望蒼穹，但天邊卻連最後一絲彩霞也隱沒在黑暗裡了。

從西梁山到嘉興，路程並不算短，但任何路都有走完的時候。

她們，到了嘉興。

這一段路途對鍾靜說來，就像是一個夢，一個混合著溫馨與寒冷，輕盈與沉重，快樂與悲傷，安慰與痛苦的夢，是那麼漫長而遙遠，卻又是如此匆遽和短促。

他是那麼清晰地知道，與那麼深切地瞭解，在這一段路途上，慈祥的孫敏所對他說的每一句言語中的含意。但是他卻不想知道，更不想瞭解，因為這份瞭解所帶給他的，只有出自良知的痛苦。

「麻木！」孫敏有時會這樣暗中思忖，「難道這孩子已經被那冷酷的魔頭教訓得變為麻木？」

對於她任何一種善意的誘導，他只是絲毫無動於衷地傾聽著，他深沉的面容上，似乎永遠不會現出任何一絲情感的痕跡。

當然——除了他的目光，像是不經意地投向凌琳的時候。

奇怪的是，那充滿世間最最高貴的情操——同情、純真與善良的凌琳，竟會對這足以燃燒到任何一個人心靈深處的目光，竟也會像鍾靜對待別人時一樣地漠然而無動於衷。

她像是也完全麻木了，而她的這份麻木，卻是為了悲哀，對她這一生中唯一摯愛的人的悲哀。

也許她還年輕，也許有人會說，她年輕得還不夠能瞭解愛的意義，也不夠體驗到愛的真味。

但是她這一份愛心，卻真的是那麼純真，那麼深摯，她毋庸瞭解，也不想瞭解。

她只知道愛和被愛，這也許是上天為了酬答她對世人的善良而給她的恩賜——因為，她所知道的，已經是全部愛的真意。

蒹葭楊柳，四處飛花，暮春的五月，五月的初四，春陽將淡青色的石板道路，映得像是方浸了春雨似的清新，田秧碧油油地閃著生命的光彩。鍾靜依戀地回頭，再次瞥了仍然站在那間僻靜客棧門邊的孫敏與凌琳一眼，嘴角泛了一絲微笑，然後邁著堅定的步子，向街的盡頭處走去。

微笑——孫敏與凌琳，卻是非常清晰地看到了他的微笑，這一連串日子中，這深沉的少年所露出的第一絲微笑，雖然這微笑中包含是那麼多憂鬱與離愁，但這就像是滿布陰霾的蒼穹所露出的一絲陽光，足以使得慈祥的孫敏心中感覺溫暖與安慰。

她自覺已用了她所有的力量來使這少年踏上正途，但直到此刻為止，她卻仍然不知道自己的努力是否有效。

因為此刻，他還是毫不猶疑地回到他師父那裡去，雖然在這一路上，他從未與任何一個與天爭教有關的人或事物接觸，但此刻，世上仍然沒有任何一種力量能將他挽留。

他終於走了，夕陽下山，夜幕深垂……漸漸……孫敏與凌琳，突然感到一種茫然的恐懼，尤其是孫敏，她開始想到許多個令她恐懼的問題：「蕭無，這殘酷、奸惡，但卻又是那麼機智的魔頭，他會不會早已知道他的愛徒已和自己仇人的妻女，生出了深厚的情感？」

「若是他已知道了，那麼他將會對他的愛徒——鍾靜如何處置？」

一念至此，她心頭不禁又為之一凜：「天爭教黨羽遍佈江湖，我們和鍾靜一路行來，他們難道不知麼？」

她搖搖頭，暗歎一聲，喃喃自語：「他們一定會知道的，只是他們為什麼不向我們動手？難道是為了鍾靜之故，是以投鼠忌器？抑或是蕭無那魔頭另存更毒辣的打算？」

凌琳一直垂首凝思，此刻忽然抬起頭來，問道：「媽！你說什麼？」

孫敏微微一笑，柔聲道：「琳兒，你在想些什麼？」

凌琳幽幽長歎一聲，道：「我在想……」

她秋波之內，瑩然又現淚光：「我在想，明天就是五月端陽了，不知道……不知道……唉！他會不會來？」

孫敏心中突地湧起一陣難言的悲哀，直到此刻，她才瞭解自己的女兒對呂南人用情之深，因為這純真的少女竟什麼都不再掛念，就連自身的安危，也全都沒有放在心上，她心裡所想的，只有這五個字：「他會不會來？」

壁間昏黃的燈光，映在凌琳那嫣紅的面靨上，孫敏呆呆地凝視著她的愛女，太多的悲哀，太多的關懷，使得她良久良久，都沒有說出話來，因為她能確認這問題的答案，一定是：「他不會來的！」

第九一章　相依為命

也不知過了多久，這母女兩人相對默然，都也沒有分毫睡意，外面夜闌人靜，萬籟俱寂，只有晚風吹得窗紙簌簌作響，有一句話卻在孫敏喉頭打轉，她想問：「若是他不來呢？」

但是這六個字卻生像有著千鈞重量，她縱然鼓起勇氣，卻也不敢問出口來，因為她怕這問題的答案，會刺傷她愛女的心。

她只是輕輕說了句：「唉——有風的天氣……」

淡淡的一句話，淡淡的語意，但無限的慈母憂思關懷，卻已都深深地包含在這六個字裡。

又是一陣風吹過。

突地，緊閉著的窗戶，似乎因風而開，晚風，終於吹入了這無風的小屋，孫敏、凌琳一齊抬起頭來，目光動處——

「呀！是你！」兩人竟不能自主地驚喚出聲來！

夜色之中，只見一個遍體金色勁裝的少年，一腳踩著窗檻，當窗而立，晚風雖然將他的衣袂吹得飄飄飛舞，但他的身軀，卻有如石像般地木然不動。

孫敏一聲驚喚，一絲笑容，自嘴角泛起，她柔聲說道：「鍾靜！你終於來了！」

語聲中包含著那麼多安慰與慈祥，使得木立窗臺之上的鍾靜，無言地合起眼睛，像是在心底深處，沉重地歎息了一聲。

但是等到他再次張開眼睛的時候，他面上卻又恢復了冷靜，那種全然不帶任何一絲人類情感的冷靜。

孫敏微微一愣，柔聲道：「你站在那裡幹什麼？外面風大，還是下來吧，這裡大概還有些熱茶，你先喝一杯，解解寒氣，然後再告訴我……」

語聲未了，突地「唧」一聲，孫敏、凌琳齊地一驚，鍾靜竟已反腕拔出劍來。

森寒，碧綠的劍光，映著他金色的勁裝，映著他蒼白的面容，孫敏突地覺得一絲寒意，自心底泛起，忍不住激靈靈打了個寒噤，顫聲道：「你……你這是……」

鍾靜目光木然凝視著自己掌中的長劍，風像是更大了，他的衣袂，飛舞更急，然而他的目光，卻瞬也不瞬，無言的沉默中，似乎已有了令人窒息的意味，無言的鍾靜，突地一字一字地緩緩說道：「天爭教下第二代掌門弟子鍾靜，奉天爭教主親傳法諭，前來取凌北修遺孽妻女首級。」

剎那之間，孫敏只覺耳畔轟然一聲巨響，再也站不穩身形，身形搖搖。踉蹌退後數步，砰然一片聲響，桌上杯壺，全被衣袖帶落地上。

孫敏圓睜秀目，幾乎不相信自己的眼睛，幾乎不相信自己的耳朵。

「你說什麼？」她再也忍不住脫口驚呼出來。

哪知鍾靜的目光，卻仍然呆木地凝視著自己掌中的長劍，一字一字地緩緩又道：「天爭教下鍾靜奉命來取兩位首級，是否還要在下自己動手，全憑兩位之意！」

肩頭微動，飄然落下。

凌琳愣了半晌，突地「咯咯」大笑起來，她竟大笑著道：「好！好！是你……我們當然要你親自動手，難道你以為我們還會自殺麼？不過，我只怕你這位劊子手，還未必是我母女兩人的敵手呢！」

她邊笑邊說，直笑得花枝亂顫，就像是突然遇著世上最最好笑的事一樣，但是她的笑聲，卻是淒厲的，這淒厲的笑聲中包含著什麼，除了鍾靜之外，誰也無法領受得出，誰也無法體會得到。

數粒淚珠，零亂地落到地上，是誰？是誰哭了？呀！狂笑著的凌琳的雙目之中，不禁又已有兩滴晶瑩的淚珠，將要奪眶而出。

但是，鍾靜的目光，卻依舊木然凝視在自己掌中的劍上。

只聽凌琳淒厲的笑聲，倏然頓住，她纖腰微扭，似乎已要上前動手，只覺衣袖一緊，她母親已立在她身旁，凌琳沉重地歎息一聲，幽幽歎道：「媽……」

孫敏的一雙慈祥而又嚴峻，溫柔而又沉重的目光，卻並未側目望她愛女一眼，她只是靜靜地望著鍾靜，輕輕地說道：「你雖然對我如此，但師命難違，我瞭解你的苦衷，我一絲一毫也沒有恨你，我原先還在奇怪，為什麼這一路上蕭無都不向我母女下手，現在我才知道，原來他要讓你來擔當這一份罪惡。」

她沉重地歎息一聲，又道：「我平生不會罵人，但是像蕭無這種人，我縱然用盡世上所有惡毒的話來罵他，也還嫌不夠。我不為我們母女難受，我只為天下武林中人難受，因為武林之中，竟出了這樣一個萬惡的魔頭！」

她悄然合上眼。

「我母女自知，以我們的力量，絕對無法逃出他的毒手，你縱然不動手，今夜我們還是會死在別人手上，所以我很高興，因為我母女被你殺死，總要比天爭教別的賊子殺死好得多，你只管動手好了，無論你武功怎樣，我母女絕不還手！」她輕柔、緩慢而沉重地說到這裡，眼深垂，竟真的等待鍾靜向自己下手。凌琳呆望著她的母親半晌，亦自合上眼。

大地沉默如死，就連風聲，在這一瞬間，似乎都已停頓了。

鍾靜，卻仍木然望著自己掌中長劍……孫敏雙目一張，輕笑道：「你快些動手，我絕不怪你，你若覺得有一些難受，就請你在我母女死後，將我母女葬在一起，然後……」

凌琳突地張目接口道：「等到後來，希望你能到我的棺材或者死屍前，告訴我……告訴我，明天他究竟來……了……沒……有……」

語聲逐漸低微，於是四下又歸於死一般的寂靜。

突地……嗡然一聲，鍾靜掌中長劍一抖，但見朵朵劍花，漫天而起，森森劍氣，砭人肌膚。

這一劍功力之深，使得凌琳秀目一張，卻有一絲微笑，淒涼的微笑，悄悄滑上孫敏的面靨，她方待合起眼睛，接受死亡。

哪知——鍾靜抖手一劍，突地長長、長長、長長地歎息了一聲，似乎要將生平憂鬱都在這一歎中吐盡，然後反腕又是一劍，向自己喉間刎去！

孫敏、凌琳齊地驚呼一聲，眼見這柄長劍，已將劃在這少年的喉頭上，她兩人大驚之下，竟不知出手援救。

又是一陣風吹來——一聲陰森冷峭的輕笑，隨風飄入。

一陣尖銳，凌厲的風聲，挾著一絲烏光，也隨著風聲，穿窗而入。

「噹」的一聲，金鑼清響！

「鏘」的一聲，長劍落地！

孫敏、凌琳駭然後退。

鍾靜一手捧腕，大驚轉身。

只見——深沉濃重的夜色中，不知何時，已多了一條頎長黝黑的身影，遠遠立在窗外，孫敏、凌琳縱然用盡目力，也看不見他的面容，只見他一雙目光，有如兩點寒星，在夜色中閃閃生光。

在這一瞬間，孫敏母女兩人，只覺天地萬物，彷彿齊都變了顏色，因為她們此刻已知道，立在窗外的人影，便是天爭教主蕭無。

又是一聲其寒入骨的冷笑，隨風飄入，只見窗外人影緩緩道：「鍾靜，出來！」

鍾靜頭也不回，緩緩走到窗外，輕輕一躍，掠出窗外，緩緩走到窗外人影身前，伏到地上，恭恭敬敬地磕了頭，緩緩站了起來，靜立一旁，他一句話也沒有說，一絲聲音也沒有發出。

孫敏、凌琳呆呆地望著他的身影，掠出窗前，只覺房中的寒意越來越重，凌琳悄然移動腳步，靠到她母親身側，這一雙孤苦伶仃，相依為命的母女，直到此刻，更是誰也不願離開誰一步。

因為，她們縱然要死，也要死在一處。

第九二章　他來不來

孫敏輕輕伸出手掌，握住她女兒的小手，又冰又涼的小手，剎那之間，心中勇氣忽生，縱然窗外站著的是個人力不能相抗的惡魔，為著她的女兒，她也要拚上一拚。

她緊了緊手掌，輕輕道：「琳兒，不要怕！」

凌琳緩緩搖了搖頭，淒然道：「我不怕，我只是……只是有些難受，他究竟是生是死，都不知道……」

孫敏銀牙一咬，目光閃電般望向窗外——哪知——窗外人影卻突地輕輕一笑，緩緩道：「你們不用害怕，我此來卻無加害之意，你們只管放心好了。」

孫敏驚愣交集，呆了一呆，突見他手掌一揚，又是一片金光，穿窗而入，「噹」地一聳，落在地上，竟是一面小小金鑼。

只聽窗外人影緩緩又道：「此面金鑼，乃是本教防身密物，你母女兩人，此後行走江湖，若遇無法解決之事，持此金鑼，於鬧市之中輕敲三響，自有天爭教徒，前來為兩位效力。」

語聲一落，長袖微拂，輕叱：「走！」

身形動處，已在數丈開外，這一聲「走」字，竟無法分辨他是立在何處說的。

孫敏、凌琳又自一驚一愣，只見鍾靜似乎呆了一呆，但立刻也一掠而去，深沉濃重的夜色，瞬息便將這兩條人影吞沒。

孫敏母女並肩相依，心中似乎驟然輕鬆許多，又似乎驟然沉重許多，若不是那面小小金鑼仍在燈光下一閃一閃地發光，這一切真的就有如一場噩夢，一場幾乎令人難以置信的噩夢。

「蕭無這惡魔為什麼會放過我們？不但放過我們，還留下這一面可以防身救命的金鑼！」

這問題孫敏縱然想上十年，卻也無法想出此中的因果。

你說是麼？

嘉興縣南二里，鴛湖之水與其支流，至城東南會於一處，依依楊柳，點點荷花，綠浸波光，碧開天影，雕舷笙瑟，靡間涼燠……這便是天下聞名的「南湖」！

南湖湖心，波光水色中，有一片小小的島嶼，比南湖更有名的「煙雨樓」，就是在這片小小的黃色泥土上。

五月端陽，南湖湖邊，萬頭攢動，遊人如織，南湖湖中，也不知有多少條小小的畫舫，載著不知多少個遊人，蕩漾其間，但見波光水色之間，嫣紅姹綠，萬紫千紅，呀！雖然已是五月，但這南湖湖畔，卻仍是春天。

煙雨樓頭，一雙人影，憑欄而立，一個清朗的口音，在她們身後曼聲朗吟著煙雨樓頭的名聯：

樓台圍十萬人家，看檻外波光，郭外山光，如此天水，要有李北海豪情，方許到亭中飲酒；

魚鳥拓三千世界，正蘆花秋日，荷花夏日，是何景物，倘無杜少陵絕唱，切莫來湖上題詩。

語氣清朗，中氣亦足。

憑欄而立的一雙人影，驟聞詩聲，倏然回過頭來，卻見朗吟之人，只是一個中年藍衫道人，不禁輕歎一聲，似乎頗為失望。

她們失望的是因為直到此刻，還沒有見著她們期待的人——呂南人，而她們自然便是孫敏與她的愛女凌琳了。

天色還沒有亮的時候，她們已到了南湖，用盡世間所有的力量，也不能使心急的凌琳晚來一步，她什麼也不想，什麼也不怕，想的只是：「他來不來？」怕的只是：「他不來了！」

隨著天光的大亮，南湖上的遊人越來越多，甚至連煙雨樓四周的勝蹟：鑒亭、菱香水榭、大士閣、菰雲、魚樂園、釣鼇磯、浮玉亭……都擁滿了遊客，但是呂南人，卻仍杳如黃鶴。

她們動也不動地立在煙雨樓頭，縱有輕薄的少年，在背後訕笑，她們也像是根本沒有聽到。

人越多，凌琳心中的焦急，也就更重，她一雙清澈的秋波，此刻已籠上了一層淡淡的紅絲，她奇怪，蕭無的約會，為什麼會定在這種地方。

「他不來？怎地蕭無那惡魔也不來？」凌琳輕輕地問著她母親，而孫敏的回答，只是憂鬱地搖頭，縱然蕭無來了，她卻也無法認出。

「不會來了吧？不會來了吧……」

這句話，一次又一次地在凌琳心中打轉，每轉一次，就像是有一柄千鈞鐵，在她心房上重重地打擊了一下。

暮色漸生……

夜幕已垂……

南湖四側，亮起千點燈火，晚上的南湖，比白天更美了。

但是——

「他來不來？他來不來？他來不來……」

夜色漸深，漸濃，漸重……

遊人漸去，漸稀，漸無……

燈光點了，星光亮了，歸去的畫舫，雙槳輕拍湖水，聲聲款乃，終也消無，未去未變的只剩千縷柳絲，萬點荷花，清清湖水，巍巍樓閣……還有樓閣上的一雙人影。

「唉……他只怕不會來了！」

孫敏終於長歎著，說出了這句她不知花了多少氣力才說得出的話，她緊緊握著凌琳的手，再也不敢放鬆一下。

但是，凌琳卻像是已全然麻木了一樣，望著欄外滿布蒼穹的點點星光，突地幽幽長歎一聲：「他……真……的……不來了……」嬌軀一軟，緩緩倒了下去。

孫敏驚呼一聲，一把攔住她愛女的纖腰，失色驚呼道：「琳兒，你怎樣了？」

沒有回答，沒有聲息，星光下，秀麗的面容，蒼白如紙，晚風中，纖柔的手掌，寒冷如冰。

突地——

一方淡黃字柬，自欄外飄飄落下，孫敏目光動處，心頭一凜，伸手一抄，這字柬竟像是有著靈性似的已自飄落在她手上。

雖然是黑夜，但字箋上的字跡，卻仍十分顯目：「久候不至，我先去了！」

孫敏低喝一聲：「蕭無！」

長身而起，嗖地掠上樓頭，晚風習習，四下寂然，只有湖中反映的萬點星光，明滅倏忽，閃動不已，那有半條人影，她愣了一愣，掠入欄中，昏迷在池上的凌琳，卻已有了一聲歎息。

一聲輕微、幽怨、悲哀、沉痛的歎息，隨著晚風，一絲一絲地飄送出去……

第九三章　辣手蛇心

靜寂的春夜，靜寂的街道，突地幾聲砰然拍門的聲響，劃破這蜿蜒於春夜中街道的靜寂。

睡意矇朧的店小二，睡意矇朧地打開店門，睡意矇朧地引著遲歸的客人——孫敏母女，穿過走廊，引至房間，睡意矇朧地開開房門……突地——一聲驚呼，連退三步！

睡意矇朧的店小二睡意不再矇朧，他顫抖著伸出手指，顫抖著指向已經敞開的房間，顫抖地驚呼道：「你……你是誰？」

孫敏心頭一凜，面容突變，唰地，掠至門口，探目內望。

突地——她竟也一聲驚呼，顫抖著伸出玉指，顫抖著指向門內，顫抖著呼道：「你……是你！」

凌琳雙目一張，脫口問道：「是誰？是南人？」唰地，她亦自掠至孫敏身側，探目內望……突地……她竟也一聲驚呼，顫抖著伸出玉指，顫抖著指向門內，顫抖著呼道：「你……你怎的了？」

這三聲驚呼，雖有先後，卻幾乎發生在同一剎那之間！

三人六道目光，齊地呆呆地望向門內，只見當門的一張紅椅上，竟如癡如呆地端坐著一個滿身浴血，面容蒼白，神情木然，目光空洞，右臂已自齊根斷去，傷處竟未包紮的少年！

他呆呆地望著孫敏母女，就像是他一生之中從未見過她兩人似的，更不知回答凌琳的問話。

孫敏一個箭步，竄到他身側，焦急，驚惶的淚珠，已流下她的嬌靨，她幾乎不敢相信自己的眼睛，她焦急而驚惶地問道：「你……你怎的了？你……怎地不回答我的話，你……唉！你到底怎麼了呀？」

坐著的人，依然坐著不動，不動……凌琳突地一聲大喝：「鍾靜！你難道不認得我們了麼？」

鍾靜的目光緩緩一轉，終於投落在凌琳的面上，於是他空洞而呆滯的目光，漸漸開始泛起一絲火花。

但是，他卻仍是動也不動，說也不說，孫敏謹慎地替他包紮傷口，溫柔地問道：「告訴我……是誰？是誰有這麼殘忍的心腸，毒辣的手段？」

鍾靜沒有回答。

鍾靜無須回答。

因為孫敏母女，此刻已知道了答案。

「違命背師，其罪當誅，卻因心慈，僅殘其身，事由爾起，罪由爾發，是該爾等養其終生！」

淡黃的紙柬，黝黑的字跡，就像是孫敏方才在煙雨樓頭接到的一樣，此刻正被壓在鍾靜身後桌上的茶杯下。

孫敏劈手拿來，撕成兩半，她再也想不到，蕭無竟會將自己的愛徒，摧殘成這般模樣！

她溫柔地扶起鍾靜，觸手之處，只覺他身上的肌肉，有如棉絮一般，柔軟腐弱，她知道這少年的一身武功，也已被他那有毒蛇一般的心腸和毒手的師父毀去，於是她暗中沉重地歎息著，將他輕輕放倒床上。

她不敢更不忍去思忖這少年此刻的心境，一個堅毅、沉穩、矯健、敏捷、英俊、挺逸的少年，竟變成了一個癡呆、麻木、遲鈍、頹靡、蒼白、孱弱的殘廢，而這其間的變化，卻只是一天中的事，她悄悄地轉過臉，又有兩粒晶瑩的淚珠，奪眶而出，窗外東方，已微微有了魚肚般的白色。

又是一天——以後的許多天呢？

她開始後悔，不該到西梁山去，她們不去西梁山，有許多事，就不會發生了，最少，呂南人不會喪生在那無底的絕望中……但是她不敢說出來，因為她知道說出來後，只會更增加她愛女的悲傷。

她只是沉重地歎息一聲，緩緩說道：「這孩子的傷，劍先生和你師父大概能治得好，但是……要到什麼地方才能找到他們兩位老前輩呢？」

凌琳失神地坐在靠窗的椅子上，呆呆地凝視著窗外的蒼穹。

「他們或許能治得鍾靜的傷，但是……南人呢！難道他們也能將南人救出那絕壑嗎？」

她一字一字地將這句話說完，說得那麼緩慢，就生像每個字後面都拖著一副千鈞鐵似的。

孫敏只得又無言地歎息了，她開始輕輕說道：「這孩子傷得真重！他武功已被廢，只怕再也受不得車馬顛簸了，我們只有在這裡等他傷勢痊癒，唉……傷勢痊癒……他又怎麼會痊癒呢！他肢體已殘，他心裡的創痕只怕再也不會痊癒了！」

凌琳卻仍呆呆地凝視著窗外。

「可是他還活著，媽！不是嗎？活著，總比死了要好得多了！」

她話頭卻仍又回到呂南人身上，她願意犧牲自己一切幸福和歡笑，去換取呂南人的性命。

可是，死去了的生命，又豈是任何代價所能換回的呢？

鍾靜終於漸漸痊癒了——正如孫敏所說，斷去的臂膀不會重生，心裡的創傷，更不容易痊癒。

從清晨到白晝，從白晝到黃昏，從黃昏到黑夜，從黑暗又到清晨……他只是癡癡地呆坐著，面容蒼白，神情呆木，目光空洞——除了在望向凌琳的時候，但是，凌琳卻又像他一樣麻木。

也不知過了多少天，他們從未踏出過這客棧一步，世上的所有一切，在這許多天中，似乎已和他們完全斷絕了關係。

鍾靜想著的似乎只有凌琳。

凌琳想著的自然只有呂南人了。

而孫敏的一縷幽思，滿腔熱愛，卻化作許多份，分贈給許多人！呂南人、凌琳、鍾靜，甚至那早已不知去向，有如天際神龍的武林異人三心神君與劍先生！

終於——鍾靜的傷口已合，已無性命之憂，孫敏總算放下一半心事，而凌琳卻又開始逼著她母親，再到西梁山去。

「我今生縱然再也見不著南人，可是我無論如何也要再見他的屍骨一面！」

這就是凌琳的話，這就是凌琳的心意。

第九四章　一訊沖天

房門突地響了。

凌琳皺著眉打開房門，秋波轉處，面容微變，輕叱道：「閣下是誰？來此何干？」

門外筆直地並肩立著四個滿身銀衫的大漢，銀巾包頭，銀帶紮腰，手中卻各各捧著一個銀色拜盒，當先一個漢子躬身道：「小的們奉㮣教教主之命，送上四色水禮，望請笑納！」

孫敏心頭一凜，沉聲道：「朋友們是哪一派高人？貴教教主是誰？」

那漢子微微一笑，似乎他已看出房中這兩個女子亦是武林中人，先前那種拘謹的神態，便較為輕鬆了些，含笑說道：「敝派崛起江湖，才不過月餘，想必兩位未曾聽起。」

他語聲微頓，一笑又道：「只是小的們可向兩位保證，不出三月，江湖中就全都會知道敝派的聲名，有如此刻人們全都知道——天爭教一樣！」

孫敏面色微霽，一雙柳眉，卻皺得更緊了，沉聲又道：「如此說來，朋友想必不是天爭教派來的了，不知貴派與天爭教有何關係？」

那漢子面容一整，正色道：「敝派非但與天爭教毫無干係，而且……日後兩位自會知道的。」

說著，躬身一禮，肅容步入，將那四個銀色拜盒，一齊放到桌上，目光向僵坐桌旁的鍾靜一轉，面上似乎微露驚詫之色。

卻聽孫敏又道：「貴教教主是誰？我等素不相識，怎可無端受禮，還請四位朋友帶回去的好。」

她老於世故，此刻心中自然驚疑交集，不知道他們突地送來這四色禮物，究竟有何用意？

那漢子微微一笑，緩緩道：「嘉興城中家家戶戶，都收下了敝派之禮，兩位如不收下，卻教小的如何回去交代？」

孫敏，凌琳齊都一愣！大奇道：「家家戶戶，都收下了貴派之禮！難道貴派竟備下數十萬份禮物，在嘉興城挨家挨戶地送了一遍麼？」

那漢子又自微微一笑道：「正是。」

躬身一禮，退出門外，輕輕帶上房門，孫敏愣了一愣，送將出去，卻見這四個神秘的銀衫漢子，早已走出這小小的跨院了。

四個銀色拜盒，整齊地放在桌上，一方銀色的拜帖，平整地壓在盒角；十六個秀逸的字跡，整齊地寫在拜帖上：「**強權必滅，正義必張，四色菲禮，敬請笑納！**」

下面署名，竟是：「**正義幫主謹拜**」。

這「正義幫主」是誰？為什麼他要花費這麼多人力物力，在嘉興城中挨戶送下這一份厚禮？最奇怪的是，他怎會有如此豐富的人力物力？莫是說盒中禮物，單只這數十萬個盒子，已不是常人夢想能做到之事。

孫敏雖然老於世故，閱歷極豐，此刻卻仍不禁為之迷惑，她從未想到過世上竟會有如此人物！做出如此不可思議的事！

她呆呆地愕了半晌，突又微擰纖腰，轉身奔了出去，她一心探究出這些幾乎不可解釋的問題的答案，但是那四個神秘的銀衫漢子，此刻卻已不知走到哪裡去了。

突地——

一陣悠揚的樂聲，隨風自戶外飄來，她柳眉微皺，追尋著這樂聲的方向，走了出去，卻見這家客棧門前，已擁滿了竊竊私議，不住驚歎的人群，她遲疑半晌，亦自從讓開的人群中走到街頭，秋波微轉，目光望處，卻也不禁發出一聲輕微的驚歎，她只見……街的盡頭上，此刻正有一行人馬，緩緩行來。三十六對銀衫曳地，秀髮如雲的妙齡少女，一面吹奏著手中的純銀簫笛箏瑟，一面當先行來，後面緊跟著三十六對顯見經過嚴密挑選的純白良駒，純銀鞍轡，銀絲繩，三十六對眉清目秀的少年，牽著銀絲繩，隨著樂聲，緩步而行！

然後是一頂銀光閃閃的大轎，純銀轎頂銀絲垂，十六對銀色勁裝大漢，手托轎竿緩步而行，然後又是七十二對少年男女，掌中各各托著一方銀色拜盒，隨在轎後。

日漸西沉，卻未西沉。

漫天的陽光，將這神秘詭異，從來未見的行列，映得令人耀目生花。

「這些想必就是那正義幫中人了，轎中坐的，想必就是那正義幫主。」

孫敏幾乎忍不住想要掠上前去，掀開深深垂下的轎，看看轎中坐的，這富可敵國，神秘詭異，有如天際神龍，倏然降臨人間，又有如十彩蓮花，平地湧起武林的「正義幫主」，究竟是怎樣的人物？

自古以來，不知有多少藉藉無名的人物，突然由平淡趨於絢爛，像奇蹟般揚名於江湖。

可是，卻從未有一人，像這「正義幫主」如此神奇，如此聲勢，如此詭秘……孫敏心念數轉，暗自尋思：「他或者原本就是個名聲甚著的武林豪士，但是，他為什麼要弄這些玄虛呢？難道……」

哪知她心念尚未轉完，卻聽那倏揚輕柔的樂聲，突地變得熱烈激昂，裂石穿雲，樂聲方變，那七十二對手捧銀盒的少年男女，突地腳步微頓，手掌微揚，一手將銀盒盒蓋掀開……只聽一陣震耳的銀鈴之聲，隨著數百隻頭繫銀鈴的健翼銀鴿，沖天飛起。

每方銀盒之中，竟各飛出四隻銀鴿，而每四隻銀鴿足上，竟俱都縛著一面玄烏絲巾，銀鴿飛起，烏巾垂下，四鴿一巾，一巾二丈。

霎眼之間……

只聽鈴聲漫天，叮噹不絕。

只見銀翼翱翔，低迴飛舞。

而那百十面玄烏絲巾之上，每面各有十數個徑尺銀字，凌空閃閃生光。

孫敏驚歎之中，凝目望去，卻見這十數銀字，有的赫然竟是：

「正義幫主謹向天爭教主蕭無挑戰！」

有的卻是：

「八月中秋，煙雨樓頭，敬候大駕。」

月光之下，縱是目力稍差之人，也將這些銀光閃閃的字跡，看得清清楚楚，樂聲再變，突地變為一長聲尖銳的哨聲。

那數十隻健翼銀鴿，四個一群，有的飛向東方，有的飛向西方，有的飛向南方，有的飛向北方，剎那間便已去遠，只剩下遠處天際，不時還見烏巾飄舞，銀翼翱翔，鈴聲……樂聲再次一變，行列依然前行。

但是——

「**正義幫主，謹向天爭教主蕭無挑戰！**」

這一個足以驚天動地，震撼江湖的訊息，卻已隨著這漫天的銀鴿銀翎，傳送到東方，傳送到西方，傳送到南方，傳送到北方……

傳送到普天之下武林江湖，每一個地方。

第九五章　窗中人語

直到行列已經去得很遠，孫敏卻仍呆呆地站在那裡，她聽到滿耳雜亂的低語和驚歎，她也看到街上人群中，有數十個黑衣大漢，悄悄地尾隨著這一行詭異但卻炫目的行列走去。

她略為遲疑半晌，卻見對街竟有兩條黑衣大漢，目光灼灼地望著自己，她一攏鬢髮，悄然走回店中，在她內心的深處，雖然不止一次，有著也想尾隨這神秘的行列，去一探究竟的衝動，但是生活的磨煉，卻使得她只是將這份衝動，深深地隱藏，壓制了下來，因為她知道她自己已有了太多要做的事，而一個像她這樣有著太多事要做的人，是不該再去理會這些與己無關的事了，縱然這些事是那麼多彩和炫目。

那四方銀色的禮盒仍安靜地排列在桌上，她低念著盒邊字箋上的字跡：「強權必敗，正義必張……」她嘴角開始泛出一絲淡淡的微笑，而她的女兒凌琳和鍾靜，卻仍然呆呆地坐在椅上。

她目光轉向這一雙憂鬱的少年，心事湧起，微笑消失，有一些話，她在心中已隱藏了許多日子，她不知該不該說出來。

但是，此刻，當她的目光轉向這一個少年時，她忍不住在心裡下了個決定：「我一定要告訴他，也許這一份快樂，能夠沖淡他心中的痛苦與恐懼，唉……」

長歎一聲，她凝視著窗旁的少年，她但願能以自己的力量，重新燃燒起這少年生命中已將熄滅的火花。

又是一天時光流去，夜深了。

嘉興城中，突地輕煙般隨風飄入一條人影，他來得就像晚風般那麼輕靈，那麼自然，滑過一重又一重的屋脊，飄過一條又一條的街道，沒有任何一個人的目力，能辨清他的身形，也沒有任何一個人的腦海，能夢想到他的身手。

五月的穹蒼，星群閃爍，他在一幢高大的屋脊後，略一停頓，傾首輕輕一歎，歎息中雖有憂鬱和悲痛，但卻也有著幸福和歡愉，就像是沙漠中艱辛的旅人，終於望見他的目的地時一樣。

然後，他目光閃電般一轉，辨了辨地勢和方向，便毫不猶豫地掠向孫敏母女投宿的客棧……

客棧中人聲已寂，只有西面的一間小小的跨院，還有微弱的燈火，他目光再次轉動間，似已流露出許多歡樂的光輝，腳下微動，一掠數丈，他已筆直地掠入這間小小跨院的窗前。

突地，昏黃的窗中，飄出一絲幽怨、深沉，卻又嬌弱的歎息。

這一聲歎息，使得這身具武林中絕頂輕功的人影，像是突然被魔法催眠了似的，倏然頓住身形，呆呆佇立在昏黃的窗檻前。

只聽窗內又自傳出一聲歎息，一個低沉、緩慢、慈祥、嬌美的成熟婦人口音，帶著無限的關切和愛護，緩緩說道：「琳兒！你該睡了，我有幾句話，想對你靜哥哥說。」

「我不想睡，我不想……有什麼話說，難道我不能聽麼？」這嬌柔的話聲，雖然低微，然而在如此安靜的深夜裡，每個字卻都清晰地傳入佇立在窗外的人影耳中。

他腳步緩慢移動了一步，卻聽那慈祥的聲音又自響起：「這些話，我本來早就想說的，但是……但是……唉！琳兒！媽的心意，我想你也該知道，對於南人的死，你雖然悲哀，難道我就不難受麼？但是你還年輕，你還有一段生命中最美的日子要過，你……你……你……」

她倏然頓住語聲，窗外的人，卻起了一陣輕微的顫抖！是為了夜風太急？夜寒太重？抑或是為了其他的原因？

窗內也有半晌難堪的沉寂，突地又傳出一聲幽幽的長歎！

「媽！直到現在，我才知道悲哀是什麼滋味……我能夠有這份悲哀伴我度過一生，我已經很滿足了，因為和悲哀一起來的，我還有一份歡愉甜美的回憶，這不比什麼都沒有的人要好得多了麼？媽！你放心，你自己去睡吧！」

悲哀的言語，就像是優美的歌曲，飄出窗外，飄入佇立著的人影耳裡。

他明亮的目光中，似乎有了晶瑩的淚珠，手掌一陣痙攣似的緊握，緩緩舉起，方待拍向窗檻。

卻聽窗中又道：「琳兒！你說得對，有些人什麼都沒有，甚至連回憶也是黯淡而悲慘的，這些人最值得我們去憐憫和歎息，你說是麼？」

昏黃的窗紙中，映現出一條秀麗的人影，這人影緩緩地點了點頭。

慈祥的聲音又道：「靜兒，他為了我們，犧牲了什麼？我不說你也知道，他對你的情感，你也會知道得比我清楚，他一生孤苦，現在真的是什麼也沒有了，甚至連武功都完全失去，他這些身體上的殘傷姑且不去說它，然而他的心卻已死了，哀莫大於心死，世上沒有任何一種痛苦，能比得他此刻所承受的……」

一聲歎息：「媽！你對我說這些幹什麼？」

慈祥的聲音，開始有了一些嚴峻的意味：「琳兒，我不許你說話這麼冷酷，他和你一樣，生命中本該還有著一連串最最美好的日子，但是卻為了我們，把一切幸福都犧牲了，難道我們就不應該對他報答一些麼？你爹爹……唉！他在世的時候，不是常對你說，不知報仇的人是懦夫，然而不知報恩的人，卻連豬狗都不如，難道你已經忘了麼？」

窗中的人影，垂下頭去……

窗外的人影，也垂下頭去，一陣風吹過，大地一片漆黑。

長久，那聲音又恢復慈祥：「你去裡間把靜兒叫到這裡來，唉……這孩子，整整的幾個時辰，他坐在那裡，甚至連半點都沒有動彈一下……」

窗中的人影，緩緩站了起來，緩緩走動，突地回頭道：「媽！你要我做什麼，我知道，但無論如何，我都要先到西梁山去，看到他的屍身，而且為他……為他……」

語聲未了，突地衝出房去。

窗內有沉重的歎息，窗外卻有無聲的歎息，又是一陣難堪的沉默。

窗紙上緩緩泛起一個黝黑，瘦削的人影，這人影面上明顯而清晰的輪廓，映在昏黃的窗紙上，更顯得堅強而觸目。

他緩緩坐了下去，卻沒有說一個字，像是他已不願運用世上的任何一種言語，來表達他心中的思想。

是以他只有沉默，無限的沉默……

然後又是那慈祥的語聲：「靜兒，你雖然不說話，但是我從你的目光中，還是可以看得出，你是聽得出我的話的，是麼？」

沒有回答，甚至連搖頭或點頭的動作都沒有。

慈祥的語聲一聲長歎，又道：「我要告訴你，你對琳兒的熱愛，不但琳兒知道，我也知道，而且我們都已用十萬分的感激來珍惜這份熱愛，因為世上任何東西，比起你的熱愛來，都會變得渺小而鄙俗！」

她停頓了語聲，像是在留意觀察著這少年面上的表情。

然後又是一聲歎息：「為了你的熱愛——絕不是為了別的，你知道嗎？就是這一份熱愛，已經足夠，足夠讓世上任何一個女孩，也用同樣的熱愛來對你，你……你好好養傷，等到你心裡的和身上的傷完全好了，我……我就替你和琳兒完婚，在這段時候，你什麼也不要擔心，知道嗎？」

窗中的人影，一陣顫抖——他是為了突來的驚喜。

窗外的人影，也一陣顫抖——他卻是為了什麼？

他開始緩緩轉回身，那般輕靈的身法，此刻竟像是已有了千萬鈞的沉重，他極力小心不讓自己發生任何聲音，然而他心中的歎息，卻不知有多麼沉重。

窗中仍有人語。

他卻再也不願去聽了，陡然一旋身軀，頎長的身形，突地沖天而起，然後發狂似的掠向遠方。

正月的穹蒼，星群依然閃爍，然而穹蒼下的歎息……唉，穹蒼下的歎息中，卻已少了幸福和歡愉，歎息著的人影，也像他來時一般輕靈而曼妙地，像晚風一樣，消失在夜色中。

第九六章　贈君明珠

緊閉著的窗戶，突地推開——

一張混合著驚奇、錯愕、麻木、呆板，但卻又是極度欣喜、歡愉的蒼白面容，仰視星光，喃喃道：「天是不是快亮了……天是不是快亮……」

她身後響起一個慈祥的聲音：「天是不是快亮了，該用你心裡的眼睛去看，知道麼?你若想得到幸福，你就該自己先快活起來。」

她輕輕掩上窗戶：「外面風大，你的傷還沒有好。」然後回轉身：「琳兒！我方才和你靜哥哥談了許久，現在……」

語聲未了，靜夜之中，突然有一陣急遽的馬蹄聲，隨風傳來，戛然停頓在客棧門前，接著便是敲門聲、人語聲……然後馬蹄聲又自遠去。

孫敏眉峰微皺，方自在奇怪著這陣馬蹄聲來去之匆遽。

哪知……卻聽一陣沉重的腳步聲，走入跨院，一個嘶啞的聲音說道：「夫人還沒有睡麼？」

孫敏霍然長身而起，打開房門，卻見睡意方濃的店夥，正自手捧一方紫檀木匣，呆呆地站在門口，陪著笑道：「方才有人將這匣東西送來，叫小的交給夫人，說裡面全是珍貴之物，小的不敢耽誤因此即刻就送來了，正好夫人沒有睡……」

孫敏心中大為驚奇，口中卻是淡淡說了聲：「知道了！」順手接過那方紫檀木匣：「半夜把你驚動，真不好意思！」遞出半錠銀子。

店夥千恩萬謝地走了，孫敏手捧木匣，卻仍在呆呆地出著神。

這是一方製作得極其精緻的紫檀木匣，燈光從身後映出！她可以極其清晰地看清匣上的花紋。

那是富貴人家常見的吉祥雕刻——「鸞鳳合鳴」。她遲疑著轉回身，暗問自己：「這裡面是什麼？誰送來的？」

凌琳呆呆地凝視著她母親，只見她緩緩打開木匣，突地，一陣強烈的珠光，自匣中騰起，凌琳忍不住要問：「這是什麼？」

哪知她話還沒有問出，孫敏身上，竟突地起了一陣顫抖，面容也變得異樣蒼白。

「噗」的一聲——紫檀木匣，落到地上，竟散出數十粒明珠，隨地流轉，凌琳輕呼一聲，卻見她母親顫抖著的手掌中，自拿著一方紙柬。

她忍不住跑了過去，從她母親顫抖著的手掌中，接過這方紙柬，昏黃的燈光，映著俊秀的字跡：「**欣聞喜訊，贈君明珠，珠映璧人，百年好合！**」

平凡的字跡，平凡的語句，既無上款，亦無署名，這原該沒有絲毫值得孫敏驚異之處呀！

凌琳愕了愕，目光轉向她母親，剎那之間，她心裡突也閃電般掠過一個心念，嬌軀一軟，後退三步，驚呼著道：「是他！是他！難道是他？」

孫敏目光低垂，地上的珠光，仍在滿地流轉，她暗中驚忖：「是不是他？大約是他？他難道沒有死？除了他還有誰！」

她在心底深處，無法解釋地直覺感到，贈珠的人，一定是他！

但是她口中卻仍強自緩緩道：「琳兒，你說什麼？你怎麼知道是他？」

凌琳圓睜明眸：「媽！你一定也知道是他，不然，你為什麼會這樣吃驚呢？媽！你說是嗎？你說是嗎？你說是嗎？」

她一連說了三聲「你說是嗎」，說到最後一聲，她已緊緊抓著她媽媽的肩頭，像是要從她媽媽身上，證實她自己的想法。

「我們方才說的話，他全都聽到了，可是……可是他為什麼不進來呢？難道……難道……」

她一遍又一遍地低語著，每說一遍，她的一雙明眸之中，就不知要流出多少粒淚珠，比地上流轉著的明珠更珍貴、更晶瑩的淚珠！

孫敏沉重地歎息著，輕拍著她女兒的秀髮，卻只會反覆著說：「傻孩子！你怎麼知道是他？傻孩子！你怎麼知道是他？」

窗外風聲簌然，凌琳突地一聲大呼：「他還沒有走，他還在外面！」

一步掠到窗前，劈手一掌，擊開窗門，目光轉處，突又一聲驚呼，連退三步，厲道：「你是誰？你來幹什麼？」

叱聲未了，一陣大笑之聲，已由窗外傳入，星光下，一條矮胖人影，當窗而立，孫敏只覺心頭一寒，唰地掠向床頭，抽出床頭的雪刃，刀光一閃，方待滅去燈火，卻聽窗外人影已自哈哈笑道：「夫人且莫驚惶，在下此來實無惡意。」

燈火微花，一條人影，已自穿窗而入，一身閃亮的金衫，雖襯得他的身材極為臃腫，但是他身手的靈敏、矯健，卻又不禁使得孫敏心頭一震，沉聲叱道：「朋友是誰？既無惡意，深夜之中，闖入私室，卻又是為了什麼？」

這人影身形方定，目光一轉，輕輕瞟過木立牆邊的鍾靜，抱拳一揖，一揖到地，哈哈笑道：「在下韋傲物，與凌大俠昔年亦有數面之緣，不知道夫人還記得在下麼？」

孫敏緩緩放下手中利刃，目光中似乎在驚異著這矮胖臃腫的漢子，竟會就是名震江湖的「七海漁子」韋傲物。

卻聽韋傲物又是一陣哈哈大笑，道：「凌姑娘好厲害的耳力，在下方到簷下，就被發覺，若是有哪個不開眼的小賊，轉念頭轉到凌姑娘頭上，那才真是瞎了眼睛哩！」

凌琳秋波轉處，面寒如水，根本就未將他這番恭維之言，聽入耳中。

韋傲物哈哈乾笑數聲，又道：「在下深夜打擾，實在冒昧得很，但卻是為了夫人，方敢斗膽來此。」

孫敏秀眉微軒，吒聲道：「閣下與我母女素昧平生，閣下此言，實在教我莫測高深，難道深夜中闖入人家女子私室，還是為了——」

她此刻已知道這「七海漁子」韋傲物定亦是天爭教下之人，是以言語之中，鋒芒畢露，不再替他留絲毫情面。

哪知她話聲未了，韋傲物卻又已大笑說道：「在下沒頭沒腦地就說出這些話，自然難怪夫人不懂。」

他語聲微頓，竟然大咧咧在桌旁木椅上坐了下來，接口又道：「但夫人一聽在下解釋，必定就可以瞭解在下的苦心了！」

孫敏冷哼一聲，韋傲物又道：「今日在下聽得我教下門徒來報，說是夫人似乎對那什麼『正義幫』有些興趣，是以在下便趕緊探出那幫人的落腳之處，前來報知夫人，夫人興趣如何，在下不揣冒昧，自願為夫人領路。」

孫敏秋波一轉，暗中忖道：「看來天爭教當真是人才濟濟，今日我在客棧門外，並無顯明表示，心意卻已被對面那兩條漢子看出，這姓韋的此番前來，想必是想利用我做塊問路之石。」

她暗中冷笑一聲，心念空地一轉，閃電般掠過幾個念頭，立刻接口道：「正義幫主的落腳之處，韋香主真的已經知道了麼？」

韋傲物哈哈一笑，道：「在下已得教主傳諭，說夫人此後已是敝教一家人了，難道在下還敢對夫人說出欺瞞之言麼？」

孫敏明眸微張，但卻忍下了心中的怒氣，因為她此刻心裡已有一個秘密的猜測，她心想證實這猜測是否正確，沉吟半晌，道：「韋香主可是此刻就要走麼？」

韋傲物頷首笑道：「只要夫人願意，在下一定奉陪。」目光轉動之間，貪婪地在滿地明珠上望了幾眼。

卻見孫敏緩緩將掌中利刃，放回床頭，轉首道：「琳兒！你在這裡陪……坐坐，我馬上就會回來的。」

凌琳雖然聰慧，卻猜測不出她母親的心意，呆呆地愣了半晌，孫敏卻已經叱一聲：「走！」纖腰微擰，穿窗而出。

韋傲物哈哈一笑，抱拳道：「姑娘稍候！」突地轉向鍾靜，在鍾靜耳畔低低說了兩句話，身形轉側之間，便也穿窗而出，凌琳依稀聽見他說的是：「你只要……教主之吩咐，立刻就可以……我勸你……」

但鍾靜卻只是茫然睜著眼睛，似乎根本沒有聽到他的話似的，窗外星光點點，風聲依依，孫敏和韋傲物都已走得遠了。

深夜中的嘉興街道，就像是水銀鋪成的道路，平滑而安靜。

單調而刻板的更聲鼓點，一聲一聲地劃破四周的靜寂。

孫敏無言地在這靜寂中飛掠著，她輕功雖不甚高，但在武林中卻已算不得庸俗身手，沒有多時，她便已掠出城外，掠出了那條橫跨在靜靜的河水上的靜靜的小橋，煙雨南湖，在深夜中更見蒼茫絕美，她深長地透了口氣，側首輕問：「可到了麼？」

一直不疾不徐跟在她身側的韋傲物微笑應道：「不遠了！」語聲中腳步突地加急，夜風吹得他衣衫沙沙作響，穿過一片樹林，他卻突又頓住身形，輕巧地將身上金色衣衫脫下，露出裡面的黑衣勁服，遙指前方，含笑又道：「夫人！前面那幾重屋影，本是當朝一位大臣的家宅，如今不知怎地，卻做了那幫人的落腳之處，在下雖然未曾去過，但聞說裡面園林頗深，夫人進去，千萬要小心些，不要和在下走失，那裡看來雖無動靜，其實卻不啻龍潭虎穴——」

他哈哈輕笑數聲：「在下此刻，也實在是在捨命陪君子哩！」

孫敏暗中冷笑一聲，凝目遙望，前面林木深處，果有一片屋頂，橫臥在深沉的夜色間，她平靜地呼吸一下，強制著心中的激動，暗問自己：「這屋子裡住著的真的會是那正義幫主麼？而這正義幫主的真實身分，又會不會真的就是我心中猜測的那個人呢？」

她似乎已聽到自己心跳的聲音，因為她這問題的答案，若是肯定的，自然好了，若是否定的，她如此貿然地闖入一個新起幫派的秘密巢穴，那豈非真的是去送死麼？

但是她為了一些特別的原因，卻也顧不得這許多了。

兩條黝黑的人影，投入黝黑的屋頂上。

嘉興城中客棧裡西跨院室內的燈光，由昏黃變得慘白。

大地永恆得沒有一絲變化，人類卻時刻地在變化著，只是這一切變化只不過是人海中一連串小小的泡沫，開始和結束，在永恆的宇宙中，都不過是剎那間的事情罷了！

所以，既然如此，我這小小的故事的開始與結束，不更加渺小和可笑了嗎？

所以，既然如此，我要說：「世上任何一件沒有結束的事，其實也可以說是已經結束；世上任何一件結束了的事，其實卻也可以說是沒有結束。因為結束與不結束，這其間的距離，真是多麼可憐而可笑的短暫呀！」

《飄香劍雨》全書完

古龍真品絕版復刻 13

飄香劍雨（下）

作者：古龍
發行人：陳曉林
出版所：風雲時代出版股份有限公司
地址：10576台北市民生東路五段178號7樓之3
電話：(02) 2756-0949　　傳真：(02) 2765-3799
封面影像處理：許惠芳
執行主編：劉宇青
行銷企劃：林安莉
業務總監：張瑋鳳
出版日期：2022年12月
ISBN ：978-626-7153-50-5

風雲書網：http://www.eastbooks.com.tw
官方部落格：http://eastbooks.pixnet.net/blog
Facebook：http://www.facebook.com/h7560949
E-mail：h7560949@ms15.hinet.net
劃撥帳號：12043291
戶名：風雲時代出版股份有限公司

風雲發行所：33373桃園市龜山區公西村2鄰復興街304巷96號
電話：(03) 318-1378　　傳真：(03) 318-1378
法律顧問：永然法律事務所 李永然律師
北辰著作權事務所 蕭雄淋律師

行政院新聞局局版台業字第3595號 營利事業統一編號22759935

定價：320元　**版權所有　翻印必究**

國家圖書館出版品預行編目資料

飄香劍雨 (古龍真品絕版復刻 11-13)／古龍著. --
臺北市：風雲時代出版股份有限公司，2022.08　冊；
公分.
ISBN : 978-626-7153-27-7（上冊：平裝）
ISBN : 978-626-7153-28-4（中冊：平裝）
ISBN : 978-626-7153-50-5（下冊：平裝）
857.9　　111009565